創元ライブラリ

老人ホーム

一夜の出来事

B・S・ジョンソン

青木純子◆訳

東京創元社

HOUSE MOTHER NORMAL

A GERIATRIC COMEDY

1971

B.S. Johnson

This book is published in Japan
by TOKYO SOGENSHA CO., Ltd.
by arrangement with B.S. Johnson
c/o MBA Literary Agents Limited, London
through Tuttle-Mori Agency, Inc., Tokyo.

目次

老人ホーム

一夜の出来事

寮母からのご案内

ご同輩（とお呼びしてよろしいかしら？）、ここで暮らす人たちも
我々のお仲間ですのよ。最近はこの人たちのことを入居者とか被介護者とか
患者とか、ましてやお客なんて呼び方はいたしません。
ここにいるお仲間はＮＥＲと呼ばれたりもします。
つまり「身寄りほぼゼロ《ノー・イフェクティヴ・リラティヴズ》」、
家なき子ならぬ「家なき老人」というわけです。

わたくしどもの親睦《しんぼく》の夕べのご見学をご希望でしたら
どうぞおいでください。八人の友の心のありようを
ご覧いただけますし、わたくしの心も覗けます。
わたくしどもの親睦の夕べを
九つの異なる意識を通してお楽しみいただけます！

各人の思考活動を体感していただくにあたり、参考データを

お付けしました。
たとえばCQ値というのは、
次に挙げる十の質問に対して
何問正解だったかを示しています。
（今、あなたはどこにいますか？　ここはどんなところですか？
今日は何曜日ですか？　今、何月ですか？
今年は何年ですか？　あなたのお年は？
お誕生日はいつですか？
何年に生まれましたか？
現王室の統治者は誰ですか――その人は王、それとも女王？　その前は誰でしたか？）
これで認知症の進行度を測ります。

まずは食事風景、続いて合唱、
作業、遊戯、歩行訓練、
競技、討論、そして締めくくりは
演芸会といった内容です。

セーラ・ラムスン

年齢　　　　七十四
結婚歴　　　死別
視覚　　　　六〇％
聴覚　　　　七五％
触覚　　　　七〇％
味覚　　　　八五％
嗅覚　　　　五〇％
運動機能　　八五％
CQ値　　　一〇
医学的所見　拘縮、外反母趾（初期）、骨関節炎、
　　　　　　遅発性パラフレニーの疑いあり、
　　　　　　その他

……こんなどろどろしたもの嫌い、こんなのばかり食べさせるんだから。うちの人には、まともな食事をこしらえてましたよ、ちゃんとおなかにいいものをね、でも、かわいそうに、何を出しても食が進まないんだもの、肉団子にうまみたっぷりのグレーヴィー・ソースをかけたのなんて、愛する亭主のために腕によりをかけた特製料理だったのよ、ここではこんなどろんとした茶色いのを何にでも平気で塗りたくるんだからいやんなっちゃう、何考えてるのかしら、いったいどういうつもりなの、絶対許せない、いや。
でね、そうした料理を出すとあの人の目がぱっと輝くの、ああ、我が家に帰ってきたんだなって、そう思ったんだわね、
あれはあの日が最初だったんじゃなかったかしら。
でも、あれっきり食べられなくなった、口いっぱいほおばったところで具合が悪くなって、中庭のトイレに一目散、それであたしは置いてきぼり——あら、あの女、
どうしちゃったの?ミセス・リッジがまた面倒をおこしてる、もっとほしいですって、よっぽどつねられたいのね。あの人のもどすのが

聞こえた、あたしはドアのところに立って、豚の臓物料理《ファゴット》とあの朝あたしが剝《む》いておいた
新豆を見ながら、
おじゃがに混ぜたバターのことや、ロニー坊やがどうして一週間何ともなかったのかって
考えてた、
だってあの日あの子にもパパと同じものを食べさせてたから、おやつ代わりにね、ほんと
おいしそうに食べてたもの。

あの人がトイレから戻ってきたときには、具合の悪いのは一目瞭然、
その顔色ったらないの、でね、二階に行って一緒に寝てくれっていうから、そうして
あげた、まだお昼を過ぎたばっかりなのにね、まあとにかく
寝たってわけ、目をぎゅっとつむって、
顔なんてすっかり
こわばってた、
ベッドカバーをはずしもしないし枕を使おうともしない、
だからポマードでべとべと、
でもそんなこと言えないでしょ？

あたしにさわりもせず、両手をおなかのところに組んでね、
まるで死んじゃったみたいに、指一本触れてもこないし、
ただそばにいておくれって、そばにいるのがわかればいいんだって、それで、
ああ、あたしとは何もできなくなったんだなって思った。
何か月か前は、　　　　　　　　夫らしく振る舞ってくれたのに、
ああ。

ここじゃてきぱきやらないといけないのよ。　　　　　　　　　お片づけ、お片づけ、

ほら、あの女が何か言ってる、どうしてみんな、ナイフやフォークを静かに片づけられないいんだろう？　こんな紙のお皿じゃ音も立たないけど、だって、もしも――**ちょっと、アイヴィ、やめてよ、まだ済んでないんだから！**　このどろんこみたいなソース、きれいに拭《ぬぐ》って食べちゃおう、ここじゃどろんこを食べさせる、でもおなかはぺこぺこなんだもの、他に食べる物なんてない。

さて、歩くとしましょう、少なくともまだ歩けるもの、あの女の使いっ走りをさせられるってことでもあるけどね。

片づけたら、他のみんなのも手伝ってあげなくちゃ、この曲がったフォークとナイフ、ナイフの先は全然尖ってない、ここに置いてと、今日は洗いものはしませんよ、車椅子の人たちにだってできるもの、車椅子の人たちって――あらら、ミセス・ボウエンがお皿を落としちゃった、今に叱られる。

ほらね。

あの女とあの犬ときたら、
まったく、あの寮母ときたら
ペットは飼っちゃいけないことになってるはずよ、密告してやろうかしら、やだやだ、
あの女もばかでかいいやな犬も。
さっさとやっつけて、アイヴィを手伝わなきゃ、さっさとね。
あの女があたしにわめき散らせば、そのぶん仕事が
遅くなる、精一杯てきぱきやりますよ、
そうよ、これ以上のスピードアップは無理。
あともうちょっと。
ああ、やっとこさ終わった、もう一度腰かけてと、チャーリーだわ、
あとでたばこを一本ねだろう。知ってるんだからね、
あいつが持ってることぐらい。
やだ、またあの歌だ。
こんなことして
何がおもしろいの?

なんだわよね。

歌ったほうがよさそうね、あの女にまた逆らうのも

生きる喜びゆるぎなく
老いてますます、どこまでも
出来ることなら朗《ほが》らかなままで
日々を明るく迎えたい
過去も未来も憂えずに
大切なのは自由な心
生きる喜びゆるぎなく
老いてますます、どこまでも

大事なことは
生きてきちんと見届けること
未来の薄闇何するものぞ
主を信じて、突き進むだけ

主は全知にして、幸いをもたらす
おお、幸運なる我らここにあり！
大事なことは
生きてきちんと見届けること！

よし、これであの女も
さてと、あの女の話を

とりあえずご満悦ね。

聞かなくちゃ、お仕事、お仕事、
あたしの人生こればっかり、
あの女、うまくだましたつもりだろうけど、
たしかに善行には違いない、これで小遣い稼ぎしないとならないのよね、
もっとも、こんなの額《ひたい》に汗する労働とは言えない、
そう言ってあげようかな、こんなこと苦労でも何でもありゃしない、
みんなが作ってるクリスマス用のクラッカーなんて
たいした稼ぎにはならないんだから、
このクラッカーにモットーを書きつけた紙を詰めるのは誰がするんだろ、

うちの人が出征する直前のクリスマス、そういえばクラッカーを鳴らしたっけ、
昔ながらのクリスマス、あの年は雪だった、
ロンドンじゃ、クリスマスに雪が降るのはすごく珍しいの、
あの年以外で降ったのは憶えがない、
外の景色がすっかり変わってしまうものだから、
誰もがいつもと違う振舞いを始めたりして、
ふだんは会釈《えしゃく》くらいしかしない相手でも、まるでみんな、
同じ通りで育った子供になったみたいに、いきなり表で
雪合戦なんか始めちゃうの。　それと、特別な日だから奮発してね、
骨付き肉の代わりに丸ごと一羽、鶏を買った、
うちの子には臓物のグレーヴィーにマッシュポテトを混ぜ込んで食べさせた、
栄養満点ですよ　前線に駆り出されると知って、うちの人落ち込んで
たんだけど、それが急にはしゃぎだしちゃって、それはすてきな旦那様だった、
あたしたちのために愉快なクリスマスをやってくれた、うちの人とうちの人の弟が、
あたしたちを喜ばそうとお芝居みたいなことをやってくれてね、
ジムったら女の格好をして、きちんとお化粧までしちゃって、おなかが痛くなるほど

大笑い、めちゃくちゃ滑稽なんだもの、あの二人はいいコンビだった、
一緒に食べ過ぎで腹痛をおこすんだから、あたしなんか絶対に――
あたしとチャーリー？　　　　　　　　　　　　　　　**え、あたし？**
ですからね、だって、まるで手下扱いじゃないのよ、　あの女ったら、二人はわたしの右腕
頼りになるか見せてあげるから！　今に見ておいで、あたしがどれほど

　　　　　　　　　チャーリーは瓶に何を入れるのかな？
ジンみたいね、アルコールの臭いもする――あの女、
またしてもあんなインチキ商売に手を出してる、なんて狡猾な詐欺師！
　　　　　　　　　　　でも、あたしには関係ない。
あっちの係でなくてよかった、なにしろアルコールの臭いだけは受けつけない、結婚前
うちの人にも言ったのよ、
お酒はやめてねって、
お酒の臭いをさせてうちに帰ってこないでって
家じゅうがくさくなっちゃうのはごめんですからね、って。

はい？
　　　　　　　　　　　　　　何をするの？
ラベルをはがせってことだわ、きっと。流しからボウルを持ってきて、

その中にこれを立てて、水に漬けてと、石鹸か何か
使ったらいいんじゃないの？
はがしたラベルはとっておくんですか？

爪が割れてるのにな、もう何年もこうなの、
でも瓶をしっかり漬ければいいわね、そうすればきれいに
はがれる。**ナイフを使ってもいいですか？**

よし、これで楽になった、
これならうまくやれる、いい時間つぶしになる、
どんどん持ってらっしゃい、ボウルを取りに行って、水を入れてと。

この小瓶の中身は何かしら？　クロロ・ベンゾ……
よく読めない、何かしらね。まあいいか、どっちみち
あたしには関係ない。**チャーリー、あれ、一本わけてよ。**

ケチ。あんたがたばこを

吸ってるのはお見通しなのよ。嘘ばっかりついて、うちのロニーとおんなじだわ、
あの子がたばこを吸ってるところを、捕まえたことがあったっけ、
あの子ったらぱっと背中に隠して、床に落とし、
台所じゅうを煙でもうもうとさせておきながら
吸ってないって言い張るんだから。
あの子の結婚相手も似たような女だった、割れ鍋に綴《と》じ蓋とはよく言ったものね、
ああ虫酸《むしず》が走る、いやな女、うちのロニーも馬鹿よ、
全然見る目がないんだから。　　　　　とにかく嘘つき、あの女の
言うことなんて何から何までとことんでたらめ、
いつだって口を開けば、知らないの一点張り。
ついにはあたしも匙《さじ》を投げた。　あいつの言うことなんて、一切合財、
あてになりゃしないんだ、買い物の待ち合わせにしたってそう、
さっき誰々と会ったとか、何を買ってたとか、
犬の種つけでいくら儲《もう》けたとか、
全部嘘ばっかり。
つき合っちゃいられませんよ、
会わなくなって二十年は経ってるわね。うちのロニーとも

十五年は会っていない。あの子、当時あたしたちがストラトン・グラウンドに開いてたパブにやって来たの、あたしったら、あの子が歩いてくるのを見てもうびっくりしちゃったわ、
ギネスを一杯飲んで、二言三言あたしに何か言って、
いやもうちょっと多かったかしら、
とにかくほとんど聞き取れないような声なんだもの、あの子すごく照れ屋なのよ、
母さんにこんなに長い間ご無沙汰してたのが
恥ずかしかったのね、数か月ぶりだもの、一年ぶりだったかしら。
ローラの息子とは大違い、あっちは律儀《りちぎ》に
週に二度はやって来る、週の始めにランチの時間にコーヒーを飲みに来て、あとは——
さてと、もう十分湿ったわね、
さてとどうかしら、
こっちの小さいラベルはもうはがれるかな。
あらま、結構しぶといわね。
この紙、防水加工してあるのかしら？

もうちょっと漬けてから、

こするとうまくいくんじゃないかな。フォークがあるといいわね。

　　よし、これなら楽だわ、これで全部片づけよう。

　　　　　　　　　　　　　　　　　　　　　そういえば

ロニーはあたしがここにいることを知っているのかしら？　訪ねてきたいってことはないわね、ここじゃ面会人なんて一人も来ない、でも死ぬ前に一度会いたいな、

　　　　　　　　　　　　　　　　会いたくないなら来てくれなくても一度でいいから

いいけど、それもやっぱりいやだわ、せめて姿だけでも、窓から見るだけでいい、通りを歩いているところでもいい、一度でいいから。

　　　　　　　　　　　　　　　　　　あの女さえいなければ、あの子無し女さえ、

子供も産めないんだから、あの子はずっと子供をほしがっていたんですよ、
うちのロニーは、ほんと子供たちによくしてやった、
大人になってもフットボールの相手をしてやって、
チームの面倒を見てやっていたんだから、おかげでこっちは
冬場によくみんなのユニホームまで洗わされたものだった、
乾かすのが、これまたひと苦労でね、
あの女じゃ洗いっこない、
ロニーのものだって洗ってやっているんだか怪しいものだわ、
チームのことはどうでもいいけど、あの女ときたら、横着者《おうちゃくもの》なのよ
そう、ドリス、ドリスって名前だった、もう会うのはこりごり、
絶対に願い下げ、でも、ロニーにだけは一度でいいから。
　　あの子ったらあたしが死んだと思ってるのかしら？　だいいちここに
いるってどうしてわかる？　あたしのほうで探せるとでも？　どうやって？　寮母さんに
頼んでもいいけど。
　　　　　　どうせ一笑に付されて、相手にもされず、気にもかけちゃ
くれない、がっかりよ
　　あの女。

　　あの女は使えない！

さてと、みんなうまくやってるかしら　よし、
あとちょっと、この一本をきれいにはがせたら
それまでには他のやつもたっぷり水を吸い込んで、
はがしやすくなっているわね。
　　　　これで何をしようっていうのかしらね？
黄色っぽい中身、黄ばんでいて、どろっとしてる。
気持ち悪い。

夏になるとあそこじゃみんな、のんびりと、実にのんびりと
命の洗濯をしているようだった、まるで苦労もなけりゃ、
仕事とも無縁みたいな顔をして、みんなただ散歩したり、泳ぎに行ったり
日光浴したり、ボート・レースを開いたり、踊りに行ったり、
ガボットとかいうダンスだったかな、
とにかくあたしにはちんぷんかんぷんだけど、
何しろ道路でも踊っていたんだから、あれは新鮮味があった、
街路が紙でできた提灯に照らされて。
それに昼日《ひるひ》中《なか》の暑さときたら、それはもう強烈で

市場の女たちは赤い傘を広げて陽差しをよけて、
男たちはワインを飲ませる地下の酒場にたむろして、
あたしは一度も行かずじまいだったけど、
一度覗いてみたかったな
涼しくって薄暗いあの手の店を、
笑い声に溢れ、テーブルは亜鉛引き、カウンターも同じく亜鉛引き、
長いカウンター、酒瓶は
壁のくぼみに収まっていて、ラベルはなし。あたしはひどく喉がからからで、
子供たちを連れて通りの先のカフェに行った。
ロニーはいい子だった、けどクラリッサときたらいけすかない子で、
自分は安全圏にいながらこっちを困らせる術《すべ》を
ちゃんと心得ていた、あの子のほうが一枚
上手《うわて》だったってわけ。　　　あの土地で幸せになれたはずなのに、
太陽だって燦々《さんさん》と降り注いでいて、
クラリッサさえいなけりゃ気楽な人生だった。
といってもあの子の世話が仕事だったからね、あの子の親たちにちょっと息抜きさせて
あげること、あの子から解放してやるのが仕事だったのよ。つまりあたしだけじゃなくて

親たちも持てあましてた。　　あの子はどうなっているんだろうか
あの頃すでにしてどこぞのお姫様みたいだったものね、
クラリッサって子は。でもあれはあれでロニーにとてもいい環境だった、
海辺の空気と一日三度のおいしい食事、
あのホテルの食事はよかった、
給仕の人たちも親切で、あのままずっと続いていくように思えたわ
夏も、太陽も。そして第一次大戦以来初めて
あたしはしみじみと思ったものだった、
物事がだんだん平常に戻っていくって。
もちろんあたしなんかより物覚えのいい人たちはみんな、
事情は戦前とは違う、同じであるものかって
言ってたわけで、あたしみたいな人間には
戦争で夫を亡くしたような人間には
それも理解できた、
でも近しい人や大事な人をなくさなかった人には
わからないわよね。　　ジムの死を乗り越えたのは
あの土地でだった、

乗り越えたというのは違うわね、自分の運命を受け容れたんだわ
他の人たちと同じ、幼子を抱えた若き未亡人の自分を、
これがあたしの運命なんだ、
これがあたしなんだって。　フランスの海辺のあの町で、
ジムがいたく気に入っていたフランスの町、
もちろんそことは違う場所だったけど、
クラリッサの父親は、あの町と何か関わりがあったのかもしれない、
ホテルのベッドで押し倒され
男の人のあそこを、つまり
ジム以外の人のものを見たのはあのときが初めてだった
あんなことがあって、この世には他にも男がいるって気づいたんだから、
今思えば馬鹿みたい、でも
あのときは、恐ろしいことが起こっているような気分だった、
たぶん、口説くとか何とか別のやり方で迫ってくれたなら
受け容れていたんだろうけど、でも
いけないことだってわかっていたし、あの人の奥さんに一目《いちもく》置いていたから、
楽しんでしまってもよかったのかな、ジムが死んで二年も経っていたんだし

でもあの男ったらそれは乱暴で、高圧的、
あたしが召使いで何でも言うなりになると、
シャツでも洗わせるみたいに
命令に従うと思っていたみたい、
そこがいやだった、図々しいったらありゃしないんだ。
こっちが化粧台のところにいるうちに迫ってきて、
早々とシャツのボタンをはずしちゃって、あたし後じさりしちゃったわよ。
後はご想像どおり、あいつはあたしを強引にベッドに押し倒した、
ここでホテルじゅうに聞こえるような
悲鳴をあげてなかったら
好き勝手されていたでしょうね。
あいつ、立ち上がってこっちに背を向けて、ボタンを留めながら、
汚い言葉で毒づいた、すると
ロニー坊やが物音で目を覚ましてベッドに起き上がり
マミーに何が起こったんだろうって不思議そうにしていた。
だから当然、あれっきり、さっさと仕事はやめてやった。向こうもあれ以来
目を合わせられなくなったしね。

よし、きれいになった。あともうちょっと。この二本を
こすり落とせばおしまい。

はい出来上がり。きれいに拭いてあげよう。

それから、これをボール紙の箱のなかに
戻しましょ。　一本　二本　三本　四本

五　六　七　八
一　二　三　四　五
六　七　十六
一　二　三　四　五　六
七　二十四
一　二　三　四　五
六　七　八
一　二　三　四　五
六　七　十六
一　二　三　四　五

六　七　四十八、二十四本入りを
二ケース。やりとげるのっていい気分。
はい、よくできました。

寮母さん、終わりました。

心がなごむ。
とっても感謝してる、ですって。
感謝されるって気持ちがいい。
そう言ってもらえるとうれしい。うまくいったし。それに時間つぶしにも
なった。さあ、次は何をすればいい？

昔よくやらなかった？
小包ゲームですって？
今さらやりたかないわよ。
どうしてゲームをあれこれやらせたがるんだろ？
たっぷり仕事をした後は静かに坐っていたいのに。
でも、人づき合いはよくしなくっちゃね。

あたしからなの？
行くわよ。チャーリーに渡すのね。何かしら？　茶色い紙、
柔らかい。
ミセス・リッジのところで止まった、でもあの人じゃ素早く
開けられないわね。
あらま！　あたしのところに来ちゃった！
開けなくちゃ、さっさと開けて、紙をはがさなきゃ、一等になれないじゃないの、
あーあ、また鳴った。
くさい……　何なの、あれ！

何だった、ロン？

今度はロンだ。開けてる。

うわ、いやだ！

あの女、ひどいことするわね。

一等にならなくてよかった、ほんと
よかったわ！

三番目の夫を埋葬した時だった、あたしはそういうことにもう慣れっこになっていた。ストラトン・グラウンドの商店街の人たちがお金を出し合い、豪勢な葬式を出してくれた、あの人は地主として人気があったからね。献花のすごいことといったら、あんなにいっぱいの花を見たことがない。それにお得意さんたちもフレッドのためにといって一杯余分に飲んでいってくれた。

でも、
あたしはさほど心配はしていなかったの。ビール醸造者たちはあたしに営業免許を引き継がせてくれたから、何週間もしないうちにいつもどおりの店になった、まるであの人なんか初めからいなかったみたいにね。うちのパブは当時、大繁盛だったのよ。
戦時中はビールを売る手間なんかいらなかった、ほうっておいても売れた、入手困難なビールも

うちの店では十分な量を押さえていたからね。そう、そう、
それにポテトチップスだって。ポテトチップスが、当時
買える店は一軒きりでね、あれはノース・サーキュラー・ロード沿いを
ずっと行った先の店。
エッジウェア・ロードのトロリーバスに乗って、
ステープルズ・コーナーまで何度足を運んだことか——運動するの？　もうさんざん
やったじゃないの。　　はいはい、立ちますよ。じきに
終わるわ。
体にいいというんだから、たぶんそうなんでしょ。これで死ぬわけじゃないし。
　　　　ジョージ・ヘドベリーを押してやろう。
たいしてつき合いはないけど、まあいいわ。

行くわよ！　**ジョージ、聞こえてる？**　まるで郵便ポスト、
耳が聞こえない、郵便ポスト、ドーナッツみたいなカラッポさん。
一、二、三、四！　ぐるぐる、ぐるぐる、
まわれまわれ！

時間はこうして流れていくのね。　ローラときたら
ギネスにかけては豪傑だった。　ひと晩で三十杯も
飲みほすところを時々見た。でも、
ひっくり返って初めて、ずいぶん飲んだんだなって
こっちが気づくくらいでね。　このオンボロ車椅子、油を差さなきゃ
だめね。でもあの人とは
親友だった、ずいぶん一緒に遊んだわ。
暗黒の日々を送ってたあたしを救い出してくれた。ロニーが
ドリスなんかと結婚したときもそうだった。それと猫が、
メイシーが、車に轢《ひ》かれたときも
　　　　子供の頃、フェルトのスリッパをつっかけて、よく
駆けまわったわ、あれがいちばん安かったし、裸足より
ましだった。　あれがあたしたちの

押すの疲れちゃったな。でも続けなきゃ。よいしょ、よいしょ。

あのころは楽しかった、ほんとに。

捜索願が出されたとき、あたしたち、どこにいたんだったかしら？　ああ、あそこにいたんだった、けがもせず、砂袋で焼夷弾《しょういだん》を叩いたり、防空壕に潜《もぐ》り込んだり、
そのとき高性能爆弾が破裂したんだった。とにかくその手のやつがね。
もうだめ。これ以上押せない。あの女がどう言おうと
あたしはやめますからね、やーめた。

やっと坐れた、

脚を休めなくちゃ。

スポーツですって！　あの女、まだやらせるつもりだわ。

さあ立つのよ、セーラ、あなたなら出来るわ。

騎馬戦。つまりあたしが誰かを押すってわけね。

番が来るまでジョージの車椅子に寄りかかって、近くの隅っこに
押していっちゃえ、そしたらチャーリーがミセス・ボウエンと一緒に
遠いほうの隅に行く羽目になる。
ジョージはなんだか調子が悪そう。腋《わき》の下にモップをはさんで、
しゃんと立たせてやろう。

ヨーイ！

ドン！

ごろごろ、ごろごろ、もう昔ほど若くない、

スピードあげなきゃ。

そら行け！

馬鹿だね、モップを落っことして、あの女の

一撃をくらうなんて！
　　　　　　　　　　少しスピードを落とそう。
さあ、モップをちゃんと構えてよ、ジョージ！
　　　　　　　　あらら、よっぽど痛かったのね。
　　　　　　　ねえ、だいじょうぶ？　だいじょうぶそうね。
　　　　　　　　　　　　　　　　　さあ、これで最後
ですからね！
　　　　　　　　　　　　　　　　　　あらら、これじゃ
痛いはずよ。でも、うんともすんとも言わない、ジョージったら、我慢してる。
元の位置まで押していって、坐りましょ。
　　　　　　　　　　　　　　　　　　　　脚がどんどん
ひどくなってきた、ずっと立ちっぱなしで腫《は》れちゃった。
ずきずきする。
　　　　　　　　　　　　　　　　　　　　好きに
まったく、いやになっちゃう。
喋ってればいい、どうでもいいわ、そのほうがゆっくりできるもの、それにこのかわいそうなあんよも休ませてあげられる。
うちの人の、あたしのジムの腰なんか何か月も、じわじわと悪化して、
毎日見ていたら気づかない、でも
すっかり起き上がれなくなる一か月くらい前、突如としてあたしには
わかったの。本人も気づいたときには喋ることも
ますますままならなくなっていた。数日間、あの人、必死で
何か言おうとしているの、それからすべてが
明らかになった。フランスに女がいたの、
よろしくやっていたってわけ、どこぞの売春宿に行ったんですって、
それで、重大な罪を犯したみたいに、ひどく良心がとがめたって。
たぶんあの人にとってはそんな気持ちだったんでしょうね。
でもあたしにはどうでもよかった、だってあの人が
死にかけているのを目のあたりにしているのよ、誰だってそうでしょ、
これ以上大変なことなんてないし、目の前の現実だけで精一杯、
過去のことなんてどうでもいい、いいことだろうが悪いことだろうが
関係ない、あの人の犯した罪なんて
興味がなかった、そんな女のことだって、あの人が

許してほしがっているようだったから、とにかく許してあげたわよ、
それで安心したんでしょうね、それは一目瞭然、
そのまま枕に頭を沈め、バタン、キューだったもの。

あの人ベッドの脇に
痰壺《たんつぼ》を置いてたの、あれはいやだった、それを捨てるときなんて、
黄緑色の固まりに血が混じっているんだもの、ひとりで外に
出られないからしようがないけど、それでも
痰壺を空けるのは、おまるを空けるのもいやだったけど、
往生したわ。

みんなにあたしの苦労話をしてやろう、
みんなも話せばいいのに。

フィッシュ&チップスの店でさんざん食べたな、あれは
あの子がフットボールに出かけたときだった。あちこちの店を
まわったんだった、昼下がりの店はどこも活気があった。
あら、何かしなくちゃいけないの？――笑えですって？　**ははは、**
ほほほ
あのころお年寄りに親切にしてやればよかった、今なら
それがどんなものかわかる。いつの世も同じ、自分がそうなって
初めてわかるんだ。つまり、
後悔先に立たず。手遅れになって初めて
何が大事かって気づくものなの、困った
ものよね。

　あの人の稼ぎがいつもどんなに
少なくたって、あたしはいつだって一ペニー一ペニーを
それは大事に使った。肉屋に行けば必ず
値切った、がめつい横柄《おうへい》な男だった。
誰一人、一度もあたしを女王様扱いなんてしてくれなかった。
誰だって、若いころには一度くらい

女王様扱いしてもらえると思うものよね。
でもあたしは違った。たぶんそれに値しなかったんだ、
あたしだって男を王様扱いしなかったんだから。

あら、アイヴィーがあわててる、どうしたんだろう？

ああ、なんとか切り抜けられそうじゃないの、
あの人って、なりふりかまわないんだから！　まあ、他人のことは
言えた義理じゃないし、失礼になるからじろじろ見るのはよそう
でもこっちがとっくにそう思われてるのかな。　　とにかく
休日に出かけていったのが海だったという印象はないの。何しろあのころ
パブ主催の遠足では、海なんてろくに眺めもしない、
興味津々で覗くのは、サウスエンドに
軒を並べるパブの店内ばっかりですからね。
みんな馬車溜まりからすぐの一軒目にまっしぐら、

それから順ぐりに店を総なめにする。
一人あたりソブリン金貨一枚を代表者に渡し、
その人が金の続く限り酒を買うってわけ。
　　　　　　　　　　屋台で身の太った牡蠣《かき》を買うこと
だってできる、一度あたしもあそこで
食べたっけ。父さんは絶対に貝類を口にしない人だったけど、
年に一度サウスエンドでは食べた、よそのは新鮮じゃない
と言っていた。あたしはトリ貝も食べたし、
小エビも食べた、とてもおいしかった、
でもバイ貝はだめだった、軟骨がひどく筋張ってて
嚙み切れないんだもの。　　遊興場は退屈だった、でも
パブが看板になると、男たちはみんなそこへ行くのを
楽しみにしていた——その有様ときたらもううんざりだった！　　あの女、なんだって
あんなことしてるの？
　　　　　　　　　うんざり！
　　　あんなの大嫌いだったのに、そんな素振りも
見せられず、あたしの人生何から何まで好きなふりばっかりだった。

あの女のお話を聞かなくちゃ！

いや、知ったこっちゃないわね。

チャーリー・エドワーズ

年齢　七十八
結婚歴　別居
視覚　五〇％
聴覚　八〇％
触覚　八〇％
味覚　九五％
嗅覚　三〇％
運動機能　八五％
CQ値　一〇
医学的所見　拘縮、気管支炎、革袋状胃（初期段階）、高血圧、その他

ラムチョップは昔から好物だ。　ここに来る直前まで週に一度はラムチョップを
食っていたな。　ウェールズのラム肉が絶品、
ニュージーランド産も決して悪くはないがね。
　　　　おれを喜ばせるにはラムチョップを食わせておけばいい、
そのことはベティだって知っていた。　今日のラムチョップはマトンだな、
間違いないぞ。　ラムにしちゃでかすぎる。　そもそも
どこまでがラムで、どこからがマトンなのかね？
　　　　　　　　　　　　以前牧場で見たことが
あったな。　ありゃマトンだった。こいつは肉が硬くってね。
いつもってわけじゃないが。ただラムよりは味が濃厚なんだ。
ラムのほうが風味が繊細だ。もちろん極上品ならばだけど。
マトンの味はだね——おや、まただ、食事時っていうとミセス・リッジは
あれだからな。
味が濃厚なマトンかどうか

見てくれの良さだけじゃわからんよ。　　　　たぶん、
ラムを食わずにきたら、マトンが好物に
なっていたんだろうな。　そのうちあの女が度を越すようなら、誰かが
当局に通報するだろう。　　　当局ってのがどこなんだかは
知らんけど。

そうだよ、たぶん、ラムの前にマトンを食ってたら、今頃はマトンが好物だったんじゃ
ないかな。　　　偶然のなせるわざってやつか。
たぶんね。　　　　　　　　　　　　ここで食ってるのが
マトンばかりでラムじゃないってことは、百も承知だよ。
　　　　　　　　　　値段が安いからな。
ここで暮らせるなんて果報者だ。　　それにマトンのおかげで元気でいられる、
ラムと同じ効果がある。　　　　そういう狙いってわけだな、きっと。
　　　　　　　　　　マトンだって
ラムの味を思い出させるに足る味わいがある。

今じゃラムが食いたいなんて思わない。
今じゃ懐かしい味なんて何もない。そんなこと
言っても無駄だよ。
硬いところに栄養無し、
硬いな。
お袋がよく言っていたな。
硬いところに栄養無し。
ありがたいことだ。
ここの老いぼれ連中のなかには
まだ食事はおいしく食えている。
そんな喜びも持てないのがいる。
おれには喜びだよ。
ここで暮らせるなんておれは運がいい。
あの女の言うことにかちんとくるやつだっているさ。
このおれがそうだからね。　だが自分の感情は胸に

しまっている。
反感を持っていると思われちゃ
まずいもの、反乱は胸の内で起こしているんだ。
ときたま着替えをしなきゃならんだろ、赤ん坊みたいに。
あれはぞっとするよな？
食事はきれいに平らげてるぜ、
皿まできれいに。
ナイフとフォークをきちんと置いてと、
子供のときおそわったとおりにな。
こうしとけば
セーラがいっぺんに片づけられる。
おれは几帳面《きちょうめん》なんだ。
小うるさいって言われたりも
する。
ベティも何とか言っていたな、
何だったっけ、あいつもおれの几帳面なところをいやがっていたからな。
人間、年を取ると、どんどん
あたりまえのことが出来な……ほら、いよいよだ、
始まるぞ。皿を落としただけなのに。
唾が飛んでるんで、気づいたんだな、おれも喋りながら
唾を飛ばすことがあるんでね。といったって、いっつも激しい口調で話してる
わけじゃない。
ときには思わず知らず飛ばして
たんだ。
どう考えても飛びそうにないときもね。

あれにはまいったね、だがそのこと自体はなんてこと
ないんだ、
困るのはその後さ。　　　　　　　　　　　気がつけば、
そんなことどうでもいい……　　　　　　喋りながら唾を飛ばしてようが気にしない。
そのほうが
なお始末が悪いのかね？　　　　　たまにそういうことに気を配れなく
なるんだ。　そうはいっても、始末が悪いことなんて日常茶飯だよ。そんなこと、
ここの老いぼれ連中を見ていりゃ
すぐ目にとまる。　　　　　　それにくらべりゃおれなんて
ましなほうさ。　　ここにいられるのは幸運だよ。　いつだって
自分が　　恵まれてるってことはちゃんと自覚しているさ。
少なくともそのことは人生に教わった。　　　これだけは言える、
人生を学業にたとえれば、おれは
劣等生じゃない。　　　　　　　　　　　誰が歌いたい
もんか——あんな歌。あの女、それでも歌わせようって肚《はら》だな。
まあいいさ、歌は嫌いじゃないし。音楽教師に
聖歌隊で歌わないかと言われたこともある、学校とは別にだぜ。あれは

教会の聖歌隊だった、ハッガーストンのね。教師が言うには、声がいいからじゃない、耳がいいからだって。音階の発声が完璧なんだと。他のやつには真似の出来ないおれのたぐいまれなる美点てわけだ。

生きる喜びゆるぎなく
老いてますます、どこまでも
出来ることなら朗《ほが》らかなままで
日々を明るく迎えたい
過去も未来も憂えずに
大切なのは自由な心
生きる喜びゆるぎなく
老いてますます、どこまでも

大事なことは
生きてきちんと見届けること
未来の薄闇何するものぞ
主を信じて、突き進むだけ

主は全知にして、幸いをもたらす
おお、幸運なる我らここにあり！
大事なことは
生きてきちんと見届けること！

子供たちは噂し合っていたっけ、
この目で確かめたわけじゃない。

あの音楽教師は同性愛者だって。

お仕事だと？　こっちはもう引退しているんだぞ。

ここで働くつもりはない。

いや、彼女の言う

お仕事とおれの言うお仕事は意味が違うか。

自分が

パーティ用品、パーティ用品。
パーティのカワイコちゃんのつもりかね！

おれのせいじゃないぞ。前回はパーティ用品の

係じゃなかった。　　　　ああよかった、
怒られずにすむ。
　　よかった。

　　　　　　　　　　　　ちりめん紙。
　　ちりめん？　　ちりめん、ちりめん、へんなことば。
ちりめん、だって。

　　　　　　　　　　ちりめん。

ものの道理、これぞ我が座右《ざゆう》の銘《めい》。　救われるには
道理にかなうことが必要なんだ。
　　　　　だがこいつに反論するやつが
これまでずいぶん　　いたな。　　そんなもの

どうでもいいと。

ほほお、今夜は何をさせるつもりだね？

よしよし、おれを頼りにしているな、彼女は——

空瓶に

四分の一ずつ　入れるのか。　空瓶は

何本だ？　何ダースかあるな。　中身は

何だろう？　無色、水みたいだ。　栓を

抜いてみたって、わかるかどうか、

嗅覚が衰えちまってるからな——**はい、了解。**

ラベルになんて書いてあるかな？　ＢＯＡＫＡ、ボアカ？

わからん。

だいじょうぶ、慎重にやりますよ。これまでだって

期待に添わなかったことはないでしょ？

あの女には何をやらせるのかな？

いけない、いけない。自分のことだけ考えよう。　だが、あの女も

瓶をもらったぞ。ちっちゃい瓶だ。ボール紙のしきりの中に
気持ちよさそうに収まっているな。
　　　　　　　　　　　　　　　面倒くさそうだ。ああ
よかった、あんな面倒な仕事じゃなくって。
　　　　　　　　　　　　　　　そのうちにあの女、頭がこんがらかるぞ。
　　　　　　　　　こっちは簡単、ただ注ぐだけ。
液体注ぎにかけちゃおれは慎重だからな。それでこの特別な役を
おおせつかったってわけだ。
この作業にものの道理を応用しよう。
　　　　　　　　　　　　　　　空瓶を
一列に並べ、その向かいに
中身の入っている瓶を一列に並べ……
　　　　　　　　　　　　　　　だめだ、これじゃ非効率的だ、
これだと中身の入った瓶を
絶えず動かさなきゃならない。やりなおし。
　　　　　　　　　　　　　　　空瓶に四分の一ずつ水を入れるには、
一ダースの瓶に対して水が
三本分必要。　　そうか、一度に一ダース並べれば、
きりがいいんだな――お、
こいつ、何をせしめる気だ？　**ノー、セーラ、一本もないよ、**

知ってるくせに。こっちが一所懸命道理を
働かせているのを邪魔しやがって。さて、それではと、
一ダースの空瓶に水を四分の一ずつ
入れるとしますか。セーラが流しを使い終わってからだな。

一ダースの空瓶を並べて、その手前に水の入った瓶を並べて、そして
注ぐ……　　　　よし、三本から
四分の一ずつ　　　　　　　　一丁上がり。
　ところでコルクで栓をしなくて
いいのかな？　　　彼女、栓をしてほしいだろうか？　コルクはそんなに無いぞ。
　まったく困ったもんだ。
栓をするのかどうかちゃんと言っておいてくれないと。　さて、次のに取りかかるか
――いや、待てよ、相棒、もっといい方法が
あるじゃないか。酒を四分の一ずつ減らした瓶を三本つくって、そこに
さっき四分の一ずつにした

水を注げば――いっそ、一、二本は別にして空瓶には水を満杯にしておけばよかったのか。そうすりゃうまく……

いいところに気がついた。これですべて解決だ。

さあ始めたまえ、流しに行って、もっと水をくんでくるんだ。

そうだよ、チャーリーくん、

これなら簡単。水を入れて、流し込む。
知性のある慎重派にとっちゃ、自明の理。
さすがだね。
自明の理。
ちょっと考えるだけで
多少とも
出来てしまう。状況への適応が
さほど億劫《おっくう》じゃないんだな。戦時中だって
そうだった。すぐに環境に溶け込み
好きになった。飛行場でピアニストをしているという理由で、徴兵されそうになり、
一度はまぬがれたが、
二度目はだめだった。最初のときは
ドーヴァー飛行場を離れ、ウォルマーで

前戦へ赴《おもむ》く予備軍にいた。ところが
ドーヴァーの将校から電話が入り、エドワーズは
そこにいるかと訊いてきた。　はい、います、
事務の仕事をよくやってますと電話を取った奴が答えた。そうか、
ではこっちでピアノ弾きをやってもらう、すぐに
送り返してくれ、ときた。それで当局の車で戻った。到着すると
そりゃもうドーヴァー警備隊じゅうが
大騒ぎ、みんな大はしゃぎだった。
車で進む間も、爆弾だか弾薬筒だかが
炸裂していた。だが負傷者は一人も出なかった。
あれはたいしたものだった。そんなこんなで、
懇親会やダンス・パーティーやコンサートを取り仕切る仕事に逆戻りさ。
一九一五年の暮れ、八人グループのピアニスト兼
バンドマスターになっていた。もちろん、仲間が兵隊に取られていくたびに、
メンバーも入れ替わった、だがどういうわけか将校はこのおれを戦地に出さないんだ、
それも一六年の秋までのこと、とうとうおれも行く羽目になった。
だがそこにいた一年とちょっとの体験は、役に立ったな。

この経験がなかったら、戦後、
プロにはなっていなかっただろう。気がついたら
思った以上に腕を上げていたんだ。
　　それとかなりの財産を
蓄《たくわ》えていた。こんな遊びに毛が生えたような音楽でも金になると
このとき初めて気づいたんだ、以前のように役所で
事務員をやっているより、ずっと大金が
稼げるんだと。
　　　　　　　　おれの障害者年金
なんてたかが知れていたが、それでも
生きていくには十分だと、そう思えたのも映画のピアノ弾きの
仕事に就くまでの話だったよ。キングズランド・ハイ・ストリートにある
教会の集会所に、白い布の四隅を留め付けただけの
スクリーン。ピアニストが何を弾いているかなんて、誰も
聞いちゃいなかった。それでも伴奏が映像に合っていないときだけは
しっかり聞いているからね。それまで、
映画を見に行ったことなんてなかったさ。だが
何が求められているかはすぐにわかった。それが何であれ、

ピアノ弾きは弾き続けにゃならないんだ。手を休めれば
お客は気づく。ときには拍手喝采もしてくれた。あの仕事に関わる
最後のひとりとなってからは、気分がよかったな。まるで
パデレフスキかなんかになったみたいに、
　恭《うやうや》しくお辞儀をしたものだ。ときには太鼓とか
その他の鳴り物も使った。週に二度、ときにはもっと頻繁に
新作映画に入れ替わるんだ。
映画を見る機会なんて、最初に勤めた小屋以前には
まず無かった。あれは最低の小屋だった。
まるで賞金のかかった喧嘩試合みたいでさ、客はヤジを飛ばすは、
吠え立てるは。　　　　　　　　よし、まずは一ダースできた。
木箱に戻しておこう。
こいつは何かの酒だろうな。嗅覚が
すっかりいかれちまった。火事になってもこれじゃ気づかない。ま、いいか。
わざわざ訊くのはよそう。せっかく頼りにしてくれてるんだから。
とはいえ気になるな。
どこに運ばれていくのかな？　たぶん二〇年代におれがピアノ弾きをしていたような、

どこぞのパブに行くんだろう。
仲違いする前は、ベティともよく通ったっけな。フリス・ストリートにあったミセス・
マーシャル経営の、名声だか悪名だかのある〈オールアップ・クラブ〉とかさ。
警察のお偉いさんに賄賂《わいろ》を渡したとかで、新聞で
大騒ぎになったんだ。連中は何でも取り上げる。警察官
だけじゃない。ミセス・マーシャルは
ウィスキーに水を混ぜるようなタイプ。ウィスキーも盗品だよ。それで
手ずから水増しして。客たちは年じゅう
酒に難くせをつけてたな。あの女は頑として
譲らなかった。自分の家を持ちたいからやりくりしてるんだと、
まったく馬鹿げた言い草だよ。それでも、文句を言う客には
誰彼かまわずそう言うんだからな。店の椅子がやくざ者ばかりで埋まる夜もあれば、
一般客がサービスをたっぷり受けられたりもする。今日の客がどっちなのか見分けは
つかない、これが
ミセス・マーシャルのやり方さ。それほどあの女は
やり手だった　　ぶるるる！　一枚上手《うわて》だよ、
あの女は。誰一人として彼女を言いなりに出来た者はいないんだから、誰一人。彼女にも

男はいた、当然だろう、それも複数だったかもな。だがそのつど相手は一人だけ。あの女がまさにひと睨みで男を恐怖に震え上がらせる現場を目撃したことがあるんだ。それだけで効果覿面《てきめん》。男は打ち据えられた野良犬みたいにすごすごと引き揚げていったよ。

それでもいざとなれば気だてのいいところもあった。

おれなんかもそれなりによくしてもらった。あのころおれはベティに夢中で、そのことに彼女は気づいたんだ、おれがアタックしたがっているのは見え見えだったんだろうよ。もちろん最初は単なる商売上のつき合いだったさ。こっちはあの店がほしがっている質の高いプレーヤーたちを斡旋《あっせん》してやれたからね。それと同時にああいったプレーヤーってのはそこに出入りする客の素姓や、客たちの振舞いについては口が堅いんだ。

こいつは必要欠くべからざる資質ってわけだ。

おれたちみたいな人間にはあの女も金払いがよかったよ。こっちに一切文句はつけなかった。唯一てこずらされたバンドマンといえば、ロニー・パーマーだ。やつはその後どうにか有名になった、バラード歌手のハリー・ローダーみたいにラジオに出たりしてさ。だが当時のあいつはミセス・マーシャルの店でサックスに合わせてヴァイオリンを弾いていたんだ。何せロニーは育ちが悪く、好きになるのは店に出てる女ばっかり。たいそうな入れ上げようで、バンドが休みのときや空き時間をやりくりしては逢引きだよ。ミセス・マーシャルとしては自分の店で好き勝手されるのはおもしろくない、そこに自分のところのレジ係や何やらの娘たちまで混じっていればなおさらだ。ところが彼女がどんなにきつく言っても、あいつは逆に言い返す始末だ。ついにはあいつが脅迫めいたことを言い始めたらしく、彼女も黙っていなかった。まずはやつを殴った、そこで殴られたほうもしてやられたと気づいたわけだが、さてどうしてやろうかと考える間もなく、彼女がやつの頭を小脇に抱え込み、そのまま後ろに突き飛ばす、突き飛ばした先には厨房《ちゅうぼう》係の一人が待ちかまえていて、

残飯入れにやつを投げ込んだ。その夜、
バンドはロニー抜きで何とかこなした。
穴を埋めるのが間に合わなかったんだ。
たぶんこれが結果的にはやつのためになったんだろうな。しばらくして、
ＢＢＣお抱えのダンス・オーケストラで演奏しているって話を
小耳にはさんだ。おれもあの時期にラジオに鞍替《くらが》え
しておけばよかったよ。先見の明ってやつが
あったらよかったんだが。だが、そうなりゃそうなったで、
さんざん苦労したり嫉妬にさいなまれたりして、この年までまず
生きちゃいなかったろうしな。天の配剤に
感謝しなけりゃ罰が当たるってもんさ。ロニーは今頃どうしてるかな？
死んじまったな、きっと。おれより年は若かったが。
とはいえ、おれがラジオに出ていたら、ベティのやつを
喜ばせてやれたのにな。あいつはそのてのことが
大好きだったから。
すべて水を入れた。コルクはどうする？

さあ、終わった、時間きっかり。

お、おいでなすった。**寮母さん、**

これの栓はどうしますかね？

ええ、あれを使って栓をしたんですがね。

はあ、ただ、持ち上げるのはちょっと……。

人の話を聞いてないな。またぞろ何とかいうあの犬ころだ、
毛をあちこちにまき散らしやがって。
コルクで栓をして。この箱に入れる。こいつはどこで
手に入れたのかね？　それはともかく、大きさはぴったりだな、
これならたいして時間はかからない。

指もよく動く、作業はすいすいはかどる。今でもいろんな曲が
頭のなかに聞こえている、でもここにピアノがあっても
弾くのは無理だろうな。

今度はあの老いぼれ婆さんのところに
行ったぞ。見方によっちゃ、
自業自得《じごうじとく》ってやつだよな。　よし、これで完了。
　こいつを持ち上げるなんてまっぴらだ。ひとふんばりなんて
したくない。
セーラをほめているぞ。おれだって
ちゃんとやったのに。**ねえ、こっちはどうなの？**
同感だ。
今度は何をやらせようっていうんだ？
小包ゲームだと。小包
ゲームか。阿呆らしい。こんなくだらない遊び
誰がやりたがるっていうんだ？　ところがみんなやってるんだな、これが。あの女の
言いなり。いつだって。
愚かしいね。

開けてびっくり玉手箱。想像はつくな。
おれかい？
アイヴィにわたしちまえ。
ミセス・リッジ。　包装を
解きだしたか。
お、来る、来る。　もうすぐだ、
来るぞ！　だめか。
セーラが抱え込んでる。インチキだ。また、ズルだ。
何をたくらんでるんだ？　そういやあいつ、勝ったためしがなかったな。
音楽が止むまで抱えているつもりかよ。　まだ
まわさなくちゃだめだ。　ズルしやがって。
さっさとまわせよ！

ロンだ。ロンにあたった。

あっはっはっはっはっはっはっはっはっはっはっ！　は、は　**息が詰まる！　やつにお似合いだぜ！　**わっはっはっはっはっはっはっはっはっはっはっ！　ああ、おかしい、こりゃまいった、**あっはっはっ！**　はっはっはっはっはっ！

ヴェルダンでの話を思い出すね。あのフラマン語が喋れない、フランス語だったかな、とにかくその男が、どこぞのカフェに入って食事をした。こいつはラムだな、やっこさんはそう思った。大満足だったから、店の主人においしかったと伝えようとして、テーブルの皿を指さし、嬉しげに問いかけるような顔をしながら「メエ、メエ」と言ったんだ。すると店の親父はにやりとして、首を横に振ると、こう言った、「ワン、ワン！」　ちょっとした法螺《ほら》話だよ。法螺でなくちゃ困るだろ。だが、これって身近で起こりそうじゃないか。いかにもありそうだ。それとああした都会ってのは

暮らすには悪い環境だって言われているが、間違いなく
最良の戦士を輩出するからね。これはおれの私見てやつだがな。
パリもそうだ。あそこの連中は肝っ玉が坐っていた。命がけで
戦わなくちゃならなかったんだ。当然のことさ。おれたちは
フランス部隊に配属された。運がよけりゃ、
週に一度ラム酒にありつけた。一度こいつがなかなか届かなくてね、翌日
ラム酒の配給係が道ばたで死んでいるのを発見した。ひと目見て、
酔いつぶれて死んだんじゃないなとピンときた――トラベルだと？　若いころは
さんざんあちこち歩かされたな。
教練という名目でさ。　　　　　　　脚力強化
ってわけだ。こじつけもいいとこだぜ。
ああ。　　　　　　　　　　　　　　ミセス・ボウエン、

車椅子を押してやろうか？

　　ああ、いたって元気。ちょっと、

ねえ、まさか彼女、ひと晩じゅうこんなことをおれたちにやらせようってことは

ないよね。どうかね、ミセス・ボウエン？

ひと晩じゅう、銃撃戦は続いた。明け方にはそれも峠《とうげ》を越した。あれだけいた仲間のなかで、どうしておれだけが殺されずにすんだのかって？ 今でも不思議だよ。誰にもわからんだろうな。頭の脇を何かがかすめたとき、新品の散弾除けヘルメットをかぶっていたからか。脳震盪《のうしんとう》をちょっと起こしたが、それだけでことなきを得た。別のとき、ジェリーとかいう男が、ライフル銃の尻でおれのかぶっていたヘルメットを殴りつけてきた。だがこっちはびくともしない、向こうが体勢を立て直そうとしている間に銃剣でど突き返してやったさ。あのころには、仲間の不満の声には慣れっこになっていたからね。どっちもどっちだってわかっていたさ。

ジェリーのやつがスパイクを埋め込んだヘルメットを武器にしているのは知っていた。あの時期とっくみあいのけんかもよくやったからな。毒ガス弾でも手近にあれば、誰だってジェリーの防毒マスクをひっぺがしてやりたくなったものさ。

あのころの懐かしい歌が、今でも聞こえるようだよ。

進め、進め、左、右、左、右、おいっちに、おいっちに、おいっちに！　**隅っこにいるとドキドキしてこないかね、ミセス・B？**

脱走を未然に防ぐため、
砲手たちなんか各持ち場の大砲につながれていたんだぜ。将校たちは、手にリボルバーを持ち、後方から部下に
はっぱをかけた。ある男は、将校の一人に応答しているところを
撃たれて死んだんだから。停戦の二週間前、
実のいとこから打ち明けられた、
将校に睨まれている、だからやつは自分を前戦に送り込む
算段をするにきまってると。いとこは自分の銃で頭を
撃ち抜いたよ。最後まで勇敢に銃を
ぶっ放したというわけだ。叔母さんに遺書を書き送ってた。

そりゃ結構。

遺品もそっちに送っていた、ねじ曲がった真鍮板《しんちゅうばん》の認識票とか、
無傷のワイングラスとか、やつの娘への
形見にしようと叔母は決めたそうだよ。
そのなかには——騎馬戦だって？
よし。
よしきた、ミセス・ボウエン
いよいよ勝負ですな。前回の優勝者はあんただったよね、
違ったかな？
今日も一等賞ねらいましょうや！
ありがとよ、アイヴィ
さあ、びしょびしょモップをどうぞ。
うへ、こりゃ
ひどい！
突撃！ 徹底的に
攻め込むぞ！
出足はセーラに勝ったな、
さらに全速力で、天晴《あっぱ》れな騎士道ぶり、**ガツンと一発！**
お見事、ミセス・ボウエン、顔面直撃！

ここで一回転して。　　　　　　　　　も一度下がって、
二回戦に突入。　　　　　　　**それ、ガツン！**
うまく肩に打ち込んだね、ミセス・ボウエン！
二対ゼロでこっちがリード。　　　さああと一本。またもや優勝だぞ、
疲れてきたな。　　　　　**それっ！　お互いよくがんばった、ミセス・**
ボウエン、ひと休みしようじゃないか、え？　　　**よくやったよ！**

　　　　あんなくだらないお喋り、
二度と聞きたくない。おれを誰だと思っているんだ？
　　　　　　ビルとグローリーが
あの町にあった自分たちの店で、演奏をしてくれと言ってきたんだ。

それまではパブで弾いたことなんてなかった。身障者という理由で召集されることもなかった。どっちみち年を食っていたからな。だが軍需工場へは行かざるを得なかった、誰もがそうだった。夜はする事もなく、防空壕へこもるか、郊外へ引きこもるかくらいだからね。

だから、やることが出来てそりゃもう嬉しかったよ。やがてすぐに、アメリカが参戦して、アメリカ兵がリヴァプール・ストリート駅にどっと降りてきては、すぐ向かいのあのパブへ、直行してきたものだった。どういうわけかおれのピアノの弾き方が、連中好みだったらしい。店の評判は、イースト・アングリアの飛行場にひろまり、パブは大繁盛さ。

連中は五日間の休暇許可証と金をたんまり懐に入れてやって来ては、前の大戦のときの流行歌をやってくれ、と言ったものさ。みんないい気分になっていた。こっちも久々に羽振りがよくなった。

無からは何も生まれない、
そう教えられたものだ。だが植物はどうなんだ？
大きく育つのを見越して余裕をとって
おくだろ？
小麦畑だって、生長分を見込んで種を播《ま》くじゃないか？
そうでなきゃ、おかしいじゃないか？　こういう疑問には
ちゃんと答えてもらわないとな。
寮母がまた
演壇に立ったぞ。またろくでもないジョークを
聞かせようっていうんじゃないだろうね？
ほら、やっぱり。
呻《うめ》いてやれ、笑っちゃだめだ。前にも聞いた
やつじゃないか。聞いてられん。
おれにはついていけんよ。
こいつらはどんどん汚れていくんだな、きっと。

きれいにこすり落とすことも出来ゃしない。腐っちまう
かもな。風呂に入っても、こいつらは体を洗うどころか、ただ濡らすだけ。昔のような
几帳面さは、ここでは
通用しない。いや、そうは出来なくなっているんだ――笑えだってさ！
落ちがついたらすぐ笑え！　決まりどおりに笑うのさ。　**はっはっは！**

　　　ベティとの仲が険悪になってから、
ずいぶん遠くまで来ちまった。あの日以来
ひたすら巡業の日々、世界じゅうさんざん
歩きまわった、ただ闇雲《やみくも》に――　**呻け、呻け！**　　　死のうが
生きようがどうでもよかった。たまたま、
生きてたようなものさ。初めのころはどうやっていたのか。巡業中には
ずいぶんたくさんの金持ちに出会ったから、あの娘は
欲求不満になったんだ。今になってそれがわかる。
だがあのころは何かが起こりそうで、いたく辛そうに思えた。
飢えに苦しんだことも一度や二度はあったけど、すぐにうまく取り入って

ものをねだる術を見つけ――**わっはっは！**
　　　　　ちょっとした雑用を引き受けて
一宿一飯の恩義に与《あずか》ることもあった、
そんなふうにたいていはうまく切り抜けた
　　　　　　　　　――アイヴィのやつ、今度は何をやらかした？
　　　　　　　　かわいそうに。ただ本を静かに
読んでいただけなのに。

　　　　　　　　　　　　　あいつの持ちものなんて
誰が見たがるかよ？　若いころはおれも
さんざん拝ませてもらったな、一生困らないくらいたっぷりとね、ほんと感謝してますよ。
何やってんだ、あの変なでかい犬……
　　　　　ある日、こう考えた、
こっちのほうがものになる、そこで店に行って
一ペニーの笛を買った。真鍮製のやつでね、
錫《すず》のものは法に触れるとかいう話だった。
指運びは、学校で習った横笛《ファイフ》と

同じだったから、実に簡単、
いくつかの節まわしをマスターした。それ以来、
この笛を吹きながら、そこそこの小銭を稼ぎ、
国じゅうを放浪して暮らしたのさ。
苦しいときもあったよ。
見た目はピンシャンしている三十そこそこの若造に、
金を恵んでやろうなんて
誰も思わんさ。道で安物の笛を吹いて
物乞いなんかしている暇があったら、職に就けと思ったんだろうね。
何人かにそう言われたこともある。ある男なんて、
おれを殴りつけてドブに突き落とし、こう言ったよ、
こんな乞食野郎のために、戦争に行ったんじゃない、ってね。
そこで古傷を見せてやったんだ、すると奴さん――おお、
おぞましい、こりゃひどい！　第一次大戦中のフランスでも
こんなひどい傷、見たことないってね。誰かれかまわずお披露目《ひろめ》してやったよ。
えげつないよな。　　　　　あの子は嬉しそうな
顔をしたけどね。

おれは全然、そんな気はないね。

彼女の話を聞こう！

いや、放っときゃいい。

アイヴィ・ニコルズ

年齢　七十九
結婚歴　死別
視覚　六五％
聴覚　五五％
触覚　六五％
味覚　八〇％
嗅覚　七〇％
運動機能　七五％
CQ値　一〇
医学的所見　拘縮、喘息、骨粗鬆症（主として四肢）、鼠径《そけい》ヘルニア、気管支炎、骨関節炎、その他

……あのころは、仲良しのお友達が、よくうちに遊びに来たわね、それもふらっと立ち寄るの、こっちの都合なんておかまいなし、一度なんかテッドとあたしがお楽しみの真っ最中に来るんですもの、ほんと、あれは傑作だった！　ちょっと待って！　なんてこっちは大声張り上げて、うちの人がズボンをはいてる間に、あたしはズロースもはかずに出ていって、相手をしたんだから、ほんとにノーパンのまま、ずっとおしゃべりして、向かいに坐ったテッドなんて、あたしが何もはいていないのを知っているものだから、あたしが大胆に脚を組み替えるたびに、そりゃおたおたしちゃって、でもレンとイーニッドは薄々感づいていたのよ、間違いないわ、それでもあたしが下着をつけてないことまではばれていないはず、みんなでよく笑ってそりゃ楽しかった、ああ、あのころはよかったわ！　カクテルをずいぶん飲んだものよ！　取っていた婦人雑誌に毎週新しいカクテルの作り方が載るものだから、まずは二人で試して、

あの人たちを呼んで試飲させるの、ああ、懐かしいわ、あの二人は
子供を作らないことに決めていてね、
それでこっちもつき合ってもいいなって気持ちになったの、子供なんて
面倒なだけですもの、あの夫婦は少なくとも
汚れたおむつ持参なんてことはなかったもの、ただ時々トイレで
オエーッとやってくれちゃって、掃除するのがひと苦労でしたよ。
ここみたいな食事をしてたら、あんなふうに気持ち悪くなったり
しないのかしら、寮母のやつ、あたしの下《しも》の世話で
苦労するようになったら文句たらたらでしょうね、
いけすかない女！

あの女には
大いに言ってやりたいことがある、ここで出される食事のことを、
評議会にいる友人に言いつけてやろう、まだ友達だっているんだから――
この親睦《しんぼく》の夕べの中身も、まったく、いつだって
同じものばっかり、おもしろい本があればそれでいいの、
本が読みたいわ。

ほら、

またたわ！　あたしたちをせかすんだから、たいしてお腹がすいてなければ誰だって残すわよ。　気にしちゃだめよ、アイヴィ、明日はお医者様の検診日、肌に触れてもらえるのが楽しみだわ！　たくさんさわってもらえるように、何か作戦を立てなくちゃ。

難しい。

明日までに、何か思いつくわよね。

きれいにお皿をさらってと、ひどいお皿、うちで使っていたお客用の上等の陶器とは大違い、ふだん使いだってもっとましだった。

さあ、終わった。

あたしは済んだから、片づけよう、セーラが片すのを手伝わなくちゃ、それから——あ、いたた、こっちの腕、きしきしいってる、ずっと

動かさずにいたから、痛くて動きが悪い、
そこのお皿を持ち上げますよ
いたたたた
彼女、いつもより残しているわ。
わかったわよ、セーラ、ズボンを
濡らしちゃだめよ。
これを片づけたら
本を持ってきて、楽しみましょう、ここでは本を読むのは
許可されているんだもの。セーラがおとなしく読ませてくれるかどうか、
そうなの、あの女、ぺらぺらと、くだらないおしゃべりばかりするんだもの、
昔のお友達とは大違い、あの人たちはみんな死んでしまった、片づけが済んだら
すぐに——あ、落とした！　またあの人、怒られる、
いい気味。
やっぱりね、あいつにお皿を持たせる
なんてお馬鹿さん、彼女に出来るわけないでしょ、ははははは！
あきれちゃう！

犬だ。あの女、あの犬には甘いんだから。

よし、これでおしまい、片づけ終了、
洗いものにとりかかりましょう、むっつり集団より
有志三人でやるほうがいい、そんな言いまわしが
あったわよね、始めましょ、あなたのお父様のお加減は、なんてね。
スプーン、スプーン、
フォークフォーク　スプーン
ナイフ、フォーク、
ナイフ　わ、べとべとしてる、これ使ってたの
誰かしら？　人生楽しまなくちゃ、
お勝手仕事をしながらの音楽、昔はいつも聞いていたわ、

ラジオがすっかりすたれちゃったものね、昔みたいに聞く人がいなくなっちゃった、それもあっという間に。　よく歌ったものよね、お友達を家に招いたときなんて、ピアノに合わせて、テッドは即興演奏がちょっと出来たの、楽しかったな。**なく**

老いてますます、どこまでも
出来ることなら朗《ほが》らかなままで
日々をスチャラカ迎えたい
過去も完了も憂えずに
大切なのはタンタリラン
生きる喜びゆるぎなく
老いてますます、どこまでも

大事なことは
生きてきちんと見届けること
未来の薄闇何するものぞ
タンタリラリラン、タンタンタンタン

おお、タンタリラリラン、タンタリラン
おお、幸運なる我ら、タンタリラン！
大事なことは
生きてスチャラカ見届けること！

その気配なし！

あの女、気づかなかったかな？

ああ、大声張り上げて歌うのは、

体に悪いわけがない、人畜無害。

ハイ、了解。アイヴィ、あれして、これして、

何であたしばっかり、こき使われなきゃならないのよ。パーティ

用品の箱を取ってこいですって。あっちの戸棚のなかね、いいわ。

この糊《のり》、変だわ。糊っていうより
練り粉じゃないの。これじゃネズミに食べられちゃう。
それとドブネズミにも！

あんたには簡単でしょうよ。なかには
それほど簡単じゃない人もいるんだから。あたしはちゃんと出来るわ。他の人が
ひと晩かかって作るクラッカーの数を、あたしなら十分で、それ以上の数を
作れちゃう。自慢したかないけどね。

作業が終わるまで
本は読めないわね。がっかり。
本を読んでるときが最高なのに。

はい。　仕事の分担はあたしが決めるのね、
箱を持ってまわらなくちゃ。　**ミセス・リッジ、**

きのうは何をしたんでしたっけ?
あっそう、じゃあこれをやってね。
あなたは、ロン?
ミセス・リッジ!
では、どうぞ
やりたくないからって、あたしは手伝ってあげられないのよ! 文句は
あたしじゃなくて、あっちに言ってよね。やらせているのはあの人なんですから。
ちょっと、何ですって! 図々しい女!
いいこと、あたしはこれをする必要はないの!
はい、どうぞ。
さあ、起きてくださいな。
ほらね、思ったとおり、箱の底が
ネズミの糞だらけ、
これって硬いから、そのへんに散らばっているわね、

きっと。
ジョージの前に捨てるわけにはいかないわよね。　薄汚いネズミ！　うへっ！　頭のいかれた
あの人きっと拾って食べちゃうもの。
それでもいいか。

彼女の言うとおりにこの紙を貼り付けてちょうだい、いいわね、　はい、どうぞ、
それと、はい、おいしいお菓子もあげるわね。　ほっほっほー。

はい、全員に配りました、寮母様。

いちばんいい刷毛《はけ》と糊を自分用に取っておいたもの、ふふん、
これでみんなよりうまくできる。数もどっさりと。
さて、きのうみたいに組を作りましょうか。
チームというか、組織というか。何といってもこれが一番、

こうすると能率が上がるもの。　　　ロン、
きのうみたいにやらない？

あなたのお尻のことはわかっているわ、ロン、気の毒だとは
思ってるのよ、でもあたしにはどうしてあげることもできないじゃない。
あなたが糊付け係をすれば、巻紙を取りに
わざわざテーブルまで行かなくて
すむでしょ？　　ね、そうしましょうよ、ロン、
さもないと、さんざん頭を使うことになるわよ、どうせ何を
損をするわけでもないでしょ？

そうよ、ロン、そのとおり。はい、
あなたの刷毛と糊、いちばんいいやつよ、わざわざ取っておいたの。
　　　　　　そう、いちばんいいやつ。それを使えば
うまくいくわよ、能率が上がるわよ、ロン。

で、あなたはどうする、ミセス・ボウエン、

きのうみたいにいっしょにやらない？

望むところよ、
あの感じの悪いリッジなんかと口をきくもんですか、それに他の二人は
でくの坊だし。

そうね、今日もあなたが紙を丸める係がいいわ、
ロンが糊付けを担当して、あたしが切る係。
紙巻き器《ローラー》は三つ確保してあるから
これを順ぐりに送って流れ作業に出来る、あなたとロンとで
やり取りすればいいのよ。
あたしが指図しているみたいで気がひけるけど、でも誰かが
まとめなくちゃならないでしょ？
じゃあ、始めましょ。

ロンがちゃんと糊付けできればいいんだけど、
前回はあいつがへまをやったんだもの、あの女のお小言は
彼だけが受けるべきだったのよ。
腕をせっせと動かして、休めないようにしなくっちゃ、そうすれば
こちこちに固まってしまうこともない、あーあ。
この仕事が終わるまで本はお預けね、

読むのは後回し。

目も昔のようには見えなくなったわ、でも盲人協会の募金では
七百ポンド以上も出したんだから、そのうちあそこが
あたしの目の面倒は見てくれる、それだけのことはしたんだもの、もちろん、
いっぺんに七百ポンドじゃないわよ、何年も何年もかけてのこと、
チョコレートやミルクの紙蓋とか
それ以外にもいろんなものの銀紙を集めたんだから。
あれはサウスエンドの近くに住んでいるときだった。救命ボート協会に
寄付してもよかったんだけれど、あたしは盲人協会に
あげたかったの。テッドも寄付をしたのよ、ただうちの人、あたしが救命ボートの
募金集めをしている連中とつき合うのを
いやがってた、あそこには何人か
感じの悪い女がいたし、いやな男もいたからね、
テッドは変な連中に金を出す余裕はないって
言ったわ、そもそもあそこへ越したのは新しい

仕事のためだったの、かなりわりのいい仕事でね、千載一遇《せんざいいちぐう》の
チャンスというわけ、あたしも彼ならうまくやると思っていたし、
結果は上々、たいして時間もかからなかった。
テッドはね、スチーヴンソンズ社の外交販売員として業績を上げたわ、こういう仕事では
商品を買ってくれそうなお客を
開拓しなくちゃだめなんだけど、五年もしないうちに
営業成績をぐんぐん伸ばしたものだから、あたしたちはサウスエンドを出て
サンダースレイに小さなバンガローを建てた、新築ですからね、
ブレッド&チーズ丘陵の上、おもしろい名前でしょ、
お友達はみんなこの名前のことを持ち出しては、よく大笑いしたわ、
あのころはお友達もたくさんいたのよね、会いたくなればすぐに
訪ねてくれた、あのころはなんやかやとけっこう忙しく
暮らしていた、婦人部会にも入っていて、
教会の献花を当番制で
活《い》けに行ったりもした、月日の経つのは速いものね　今とは
大違い

最近太ってきちゃって
いやんなっちゃう、ここじゃ仕事もないし、十分な運動も
出来ないから。でも、生まれてから今日まで、あたしの体重は
じわじわと増え続けてきたの、ずっと、だからなおさら
好きなんだって、テッドがよく言っていたっけ、あらま、あたしったら！
ほんの一時期ちょっとだけ体重が落ちたのは、子宮を
取ったときだった、取られなかったものなんてあるのかしら、
命拾いしたんですよって医者は言っていたけど、
以前の自分とは別人になった気分というか、よその人たちは、生まれ変わって新しい女に
なれたと言っていたけど、あたしは違った、
もう昔とは違ってしまった、切り取られてしまって
淋しいというのが、正直な気持ち、あれが無くては
女じゃない。ああ、あたしは生きている、手術は成功だった、そうよ、
医者ならあれを成功と呼ぶのよね。

なかなかの好演ね、ミセス・ボウエン。あたしたち
かなりのペースよ！

あら、ほんとね、韻を踏んでたのね！

ロン、頼むからもっとたっぷり糊を
付けてくれない？　寮母さんが、ちゃんと慎重にね
って言ったのを、聞いてたでしょ！

今度は手ですってさ、

悪いのはお尻《アース》だと思っていたけど、そういえば関節炎《アースライタス》という語の響きは
お尻の病気っぽく聞こえるわね。
あら、馬鹿なこと考えてる、テッドが聞いたら
笑い転げていたわね！
さあ、やってみて、ロン、ほら、あの女が怒ったら
どうなるか知っているでしょ。あたしはいいけど、困るのはあなたなのよ。

悪いことは言わないから、ロン。

あのころはあのあたりもひなびていた。だからこそ
あのバンガローに決めたんだもの。まだ建築中だったころ、
ある日曜日の午後、あたしたち二人でお祭に
行ったっけ、地元の人たちがやっている、まさに
田舎《いなか》のお祭だった、今日はこちら、明日はあちらと渡り歩く
あの胡散《うさん》臭い巡回興業とはわけがちがう、昔ながらの
本物のお祭でね、子供時代を懐かしく
思い出したわ。昔みたいな、子供のための競技もあった、
陶器のお皿に盛られた小麦粉に埋めてある六ペンス硬貨を
口だけをつかって探し出す、ボビングという
あの競技。子供たちの顔を見て、
もうみんな大笑い！　あれと同じ競技に六歳のときに参加した、
あの日を思い出すわ、一等になれなくて、

大泣きして、ほっぺの涙が小麦粉のなかに落ちた、
すると審判員のおじさんが
指で六ペンス硬貨をすくい上げ、
残念賞だよと言って、あたしにくれたっけ、
優勝賞金は半クラウンだったんじゃないかしら。大金よね。
凡打ばかりでスコアボードがゼロだらけの野球試合なんてのも見物したっけな、
じつになんとも古風というか、今どき
ちょっとお目にかかれないような代物。本当にいい土地柄だった、
また住んでみたいくらい、テッドがあの仕事に就けて
本当によかった。あたしはあの人のいい奥さんになろうと
がんばった、愛してるって気持ちを伝えたくて、何をするんでも
あの人は特別扱い、

その後どんどんバンガローの数が増え、
田園風景はどんどん遠のいていった、やがて
本物の田舎を眺めたくなると、
車で遠出しなくちゃならなくなった、それでも幸いにして

遠出に必要な車がうちにはあった、
小型のフォードがね。よく夏の宵には、
田舎のパブまで出かけていって、お酒を飲んだわ、
静かで気分転換にはもってこい。サンダースレイでは、
一杯飲むのに遠路はるばるだものね、というのも、あれだけ
どっさりバンガローを建てておきながら、パブは造り忘れちゃったからなのよ、
それを言うなら商店もだわよ、噂では、あの土地は
もともとどこかの宗教団体の持ち物だったとかで、
酒場をこしらえるなんて
もっての外《ほか》だったのね、だからって
店が一軒もないことの理由にはならないでしょ。そのうち
住民たちが通りに面した部屋を改装して、店を出し始めたの、
で、テッドとあたしもやってみようかって一時期は考えた、
あたしも仕事が持てるでしょ、手のかかる子供はいないんだもの、
でも結局はやめにした、その必要はなかろうって、お金には
困っていなかったから。
お片づけ？　つまりアイヴィがやれってことね……そらきた。

はい、わかりました。またひと働きだわね。やりかけのものは
このままにして、箱のなかに全部ほうり込んでしまおう、
糊も全部まとめてポイ。

ロン、手伝いましょうか？
ミセス・ボウエンは？

あら、たくさんだこと。

この空き箱に出来上がったものを入れましょう、
ね？

はい結構。さあ、うちのグループは
作業完了。あの耄碌《もうろく》リッジの成果は
どうかな？

全然じゃないの。ひとつも
出来てない。

余計なことは言ってはだめ。ただ糊と紙と鋏《はさみ》を
片づけるだけにしよう。

ふん！　あんたとなんか
口もききたくないわ、このデブの役立たず！

そんな大声出して、
あの女に聞こえるじゃない、またツネゴンが来るわよ！

さっさと、あっち行っちゃおうっと。

こっちの役立たずどもはどうしたかな、ちゃんとできたかな？
こりゃだめだ。いつもこうなんだから。**あらあらメチャクチャじゃないの、**
ミスター・ヘドベリー！　この人も、いつだってこうなの。
そうよ、その調子、そいつを痛めつけてやって、まったく
いやなやつなんだから、思いきりつねってやって！
まあひどい有様だこと、ミセス・スタントン！　能力ゼロ。やれやれ、
アイヴィが片づけるしかないわね、いつも、いつだってこうなる。
　　とにかく戸棚にしまっちゃえ。
　　　　あらら――あそこから

ネズミが出入りしているんだ、この羽目板の隙間から。
この糊が好物なんだわ。あの女に教えてやろうか？
　　今はいいか。あの女は何を始めたの？　　渡すって何を？
坐って、ゆっくりと本を
読みたいのに。
　　まだお預けか。
ああ、やっと坐れた、ほっとするわね。

お尻、お尻をかいちゃえ、これも気持ちいい。　さあ、準備オーケーよ。
セーラ、次はチャーリー、その次があたし。
このゲームで勝ったことない
一回も。　**はいどうぞ。**いけすかないリッジとなんか
喋ってやるもんか。　あらま幸運なおデブさん！
音楽が止まって、一番に箱を開けるとは！
また音楽が鳴り出した。　ひったくって、ロンに渡しちゃえ。**それは、**
あなたでしょ！　まったく……。

セーラが受け取った。　**ほら、セーラ、開けちゃいなさいよ！**
そこじゃないでしょうが。

来た来た。すぐにリッジに渡さなくちゃ、速くまわせば速く
戻ってくるのよ——なのに、この女がもたもたしているから！
さっさとまわして！　またあの
お漏らし女だ——こんな清潔なホームに

よく入れてもらえたわよね。あら――ロンが包みを開けてる。**ロン、何が**
はいってた？
あははは――笑っちゃ悪いわ。　　でも、こらえきれない、
あはっ。　　**ロン、開けてびっくり玉手箱だって、**
寮母さんが言ってたじゃない！　　あっはっはっはっ！　大当たりね！
おっほっほっほっ！
こんなものとは無縁の世界だったわ！　　あたしたちの馬上槍試合は
すごかったんだから！　馬上槍試合、そうテッドが呼んでいた、彼の巨大な槍であたしを
攻撃してくるの、まるで警棒がピンク色の
ゴム合羽を着ているみたいでね。
　　　　このごろは時間がかかっちゃって。
　　　　ますます
時間がかかる。　　でも最後はうまくいく。
　　　　いつだって！
ガス暖炉の前に敷いた〈レディカット〉の絨毯の上で、あれは
よかったな、とりわけ忘れられない思い出。

あのときは時間が、すごくかかったけど、でも達したときは、
これ以上ないくらい最高だった。あのころ椅子にかけていた
更紗《さらさ》木綿《もめん》、更紗木綿は当時サウスエンドではやりだったの。
それと手作りの絨毯も。あの絨毯も手作りキットで
あたしがこしらえた、材料はすべて郵送されてきて——え、運動するの？
まるで刑務所ね、ここは。運動の時間だなんて。あたしは散歩が
好きなのに、荒野《ムア》をそぞろ歩くのがいいな。そうね、後でもいい気持ちになれる、
とにかくあとちょっとだもの。ミセス・スタントンが
車椅子を押してもらいたいみたいね、あたしがやってあげよう、
あたしが犠牲になればいいだけのこと、いい気分になれる、なにしろ
あの人の臭いは最悪だもの。　ほらね、
さあ、行くわよ！
くさい！　**ご気分はどう、ミセス・スタントン？**
うんともすんとも言わない。ここに来てから一度も
喋るのを聞いたことがない。**聞、こ、え、な、い、ん、で、す、か、**　お気の毒様。
ミ、セ、ス、タ、ン、ト、ン？
　この人の青春時代はどんなだったのかしら？

場の空気を読むなんてしたことないんでしょうね、きっと。あたしは違うわ。テッドがその気になると、それがあたしにはわかったもの、だから
ちゃんと受け入れ態勢を整えた。女が男より長生きなのは、
打ち止めがないからだって、よく言うでしょ。男はたいてい
打ち止めの気構えが出来ないのよ。
それって死んだも同然だからでしょうね。女のほうが
恵まれているわね。
よいしょ、なんて重いの。**ちょっ、と、は、軽、く、なっ、た、ら、い、か、が、ミ、セ、ス、タ、ン、ト、ン？**

こっちが息切れしちゃう。

アイヴィはこんな場所で死にたくない、絶対いや、
そう言ってやったわ。
あたしたちはちっぽけな鉄道駅で立往生、
どことも知れない土地のど真ん中で。まったく、駅名くらいちゃんと読み取れるでしょ
明かりだってともっているんだから、
駅の表示がわかりにくいと文句を言ってやろうかしら、
そうあたしは言った。そしたらテッドったら、おまえこそ駅の表示を

見落としたじゃないかってあたしを責めた。だからあたしは言い返した、
あなたが欲しがるから、こっちはへとへとになって
寝てしまったんじゃないのって。あれは通路のない
客車で、個室には二人きりだったから、
その気になったのね、いけないことだなんて
二人とも思わなかった、まだ若かったのよ。
夜のあの時間に停車する列車は、反対方向に行くのしか
なかった、だからどうすることも
できなかった、彼は翌日九時きっかりに出勤しなくちゃ
ならなかったからね、ところが木のベンチで横になっているうちに、
彼ったら、もう一回やりたいなって言うもんだからもうびっくり
こんな時にこんな場所でだなんてね、なのに、だって眠れないんだものって彼が言うから、
それがあんまりおかしくて、二人して大笑いになって、
それで仲直りしたんだったった。
　　　　　　　　あら、この人、落っこちちゃった。
そんなあれこれを思い出すなんて！
　　　　　　　　あっちに
押していこう。
ミセス・スタントン、だいじょうぶ？
よし、だいじょうぶね。

スポーツですって！　もうひと踏ん張りしろだなんて！　いやよ、この椅子から
てこでも動くもんですか、こっちがその気にならなきゃ、無理ですよ、
あたしは本を読むんだから、　そら来た――またアイヴィの出番、
モップを持ってきて、ですって。いいわ、モップを持ってくれれば
いいんでしょ、でもその後は坐って本を読まして
もらいますからね。　一本、二本、びしょびしょだわ。これでよし。
とりあえずお礼は言ってくれたのね。

さて、本はどこかしら？　あった。
しおり、新聞の切れ端。　さてと、

「父さんもぼくも十一番バスに
乗りそこねた、折り返し地点で
ぼくらを追い越していったバスだ。ノースエンド・ロードのはずれまで
歩いた。ぼくらはいつもそうしていた。通り沿いの市場が
おもしろいのだ。時には父さんが何かを買う。
たいていは野菜だ。今日は犬のために

フィーリックス印の肉を買う。うちの犬は気むずかし屋だ。
フィーリックス印の肉が好物で、彼に言わせれば、この世を天国に
思わせてくれるものはフィーリックス印の肉以外にはないそうだ。
そんなこだわりを持たずにいるぼくらは
しあわせだと思う。　　父さんとぼくは、
ノースエンド・ロードを抜けた先の
ハマースミス・ロードのバス停に着き、それから数分後、
二十七番バスに乗る。つまりノースエンド・ロードの
北のはずれだ。数字順に並んでいるバスのうち、
九番でも七十三番でも、たまたま来ているのがあれば
どっちに乗ってもいい。
でもぼくらが乗るのは……」なんとまあ
ひどい文章！　話の筋なんてあったもんじゃない。うんざり。
　　　　他の本はどこかしら？
あった。　　「ポリー・マリンソンが死んでいるのは
疑いの余地はなかった。たしかに、間違いなく
ポリー・マリンソンは殺害されたのだった。だが、なぜ

これほど回りくどい方法で、彼女を殺害し、
わざわざ人で込み合うこんな場所で
発見されるようにしたのか、そこが謎だった。

　アスコット競馬場はロンドンの南西
約二十キロのところ、気持ちのいい森が広がる田園地帯に
位置し、残念なことに首都圏の勤め人たちに、早くも
食い尽くされようとしている場所である。毎年
六月になると、アスコット・ゴールド・カップが
ここで開催される。世界じゅうの純血種の名馬が、その実力を競うべく
この地に引き寄せられるという大会だ。
それは同様に、陽差しの気持ちのよいこの時期に、
ロンドンで見かける毛並みのいい人間たちをも
惹きつけてやまず、ロイヤル・エンクロージャーなる聖域に、
群れ集《つど》っては、華を添えるのだ。　　この他ならぬ
ゴールド・カップ当日、レースはガーリッククローヴが、
ハイエイタスを頭ひとつ引き離し、ノージーラッドとは
三馬身の差をつけて優勝した。サー・ウィリアム・スキャッドレイ

（ヴィクトリア上級勲爵士、枢密顧問官、殊勲賞保持者、かつ法廷弁護士）が、混雑した柵のところでフィニッシュを見守る緊張から解放されたそのとき、背後からのしかかってくる重みに、はたと気づいた。レース中ならまだしも、勝負がついた今となってはいかにも不自然だった。むっとなりながらも、そこは役人紳士にあるべき態度でやんわりと押し返した。重みは消え、振り返ったところで、その原因を悟ったサー・ウィリアムは仰天した。うら若き女性、二十歳を越えるか越えないかといったところ、それが倒れ込んできたのだ。とっさに手を伸ばし相手の腕を摑み、上体を支える、それと同時にいくつかのことが判明した。彼女はほとんど何も身につけていなかった。死後硬直が起こっていた、四十八時間前までは生きていた、しかも死ぬ直前に、何者かが彼女にきわめて悪質な虐待を加えていた」

こっちのほうがいいわ、物語を読んでいるときが自分らしくいられる。

「生前のポリーの瞳が何色

笑えですって！　今度はあの女、

だったかは判別不能だった。それは大きくこじ開けられ、えぐり取られていたのだ。

それでも、ふさふさとした髪が、まず間違いなく――」

「それでも、ふさふさとした髪が、まず間違いなく何を始めたのかしら？　馬鹿みたい。**あっはっは**。

赤みを帯びた金髪だと特定できた。しかも、これほどむごたらしい乱暴を働いて、ポリーを苦しめた犯人が喫煙家であることも間違いなかった。その人物は吸い差しを彼女の全身に何度も何度も押しつけていたのだ。めったなことでは動じない

サー・ウィリアムではあったが――幾多の戦争を体験しおぞましい場面は見慣れていた――それでも、ポリー・マリンソンの亡骸の周りに早くも集まってきた野次馬たち同様、思わず息をのんだほどだった。

セント・ジョン病院の救急隊員二名が到着し、遺体に毛布が掛けられ、競馬場担当の警官が

呼ばれたところで、野次馬もたちまち追い払われた。

サー・ウィリアムが常ならざる衝撃を
受けたのには、もうひとつ理由があった。

ポリーは彼の――」　**あっ！**
あ！　あ！　寮母さんが怒っている！

ごめんなさい、ごめんなさい、ちゃんと聞きます！　今はちゃんと
していよう、さもないと追い出されてしまう。面倒は
起こしたくない。ここに来たのもそのせいだった、あたしが
面倒ばかり起こすと言って、レイヴンズホームから
移された。それだけじゃない。　あたしは自分の面倒も
自分で見られないのかしら？　独り暮らしをしていたあのとき、
凍《こご》え死ぬところだったのよね。あのとき階下に住む若者が、
天井からの水漏れのことでやってこなかったら、
手遅れになっていた。　あの女を
打ちのめしてやりたい。　**ヒューヒューーッ！**　こうやってちゃんと
見ていることをあの女に示さなくちゃ。　ここで本を開いたら、

何をされるかわかったものじゃない。
　　　　ロンドンで、ある夏の日、あれはあの人の
休暇中のことだった、とても暑い日だった、ナイトクラブに
連れていってもらったのよね、店の名前は忘れたけど。あたしは
たいして楽しめなかった、あの人もそうだった。その夜、
アパートに戻って、あの人のためにストリップ・ショーをしてあげた、あの人ったら
もう大はしゃぎ。そりゃもうこっちは玄人《くろうと》はだしですからね！
今のあたしを見たら、テッドはなんて言うかしら？　ただ呆然と
しちゃうでしょうね、そうよ、きっと言葉を失ってしまう。あの人は
さほど苦痛も味わわないですんだのよね、
最期ばかりはそうもいかなかったけど。
　　　　　　　　　　　　　　　　　　　　クソ犬、クソ犬、
クソ犬。こんなに大きくちゃ、食費も馬鹿にならない
でしょうね。　　　　　どのくらいかしら？　週に何ポンドも
かかるに決まってる。
　　　　　　　　　　　　今度はあれね。　　　　ほらね。
昔はあんなふうにできたのよね。昔はしょっちゅうだった。
でも今じゃそんなに恋しくないわ。あら、何だっけ？

何が恋しいんだったかしら？
お話を聞こう！

いや、どうでもいいわ

ロン・ラムスン

年齢	八十一
結婚歴	死別
視覚	三〇%
聴覚	四五%
触覚	五五%
味覚	四〇%
嗅覚	四〇%
運動機能	四五%
CQ値	八
医学的所見	拘縮、脱水症、低色素性貧血（初期）、失禁あり、鼠径《そけい》ヘルニア、直腸がん（手術不能）、その他

……まただ。　ま た い つ も と お な じ。　無理矢理
　　口に押し込んで、　　　　のみ込む苦しみを
　　　味わわせようって
いうのか。
　　　　　　　　　　　　　　　　切り分けてあれば
食べやすいのに。　　具合は良かったんだ。　痔《じ》の痛みを
引き起こさない方法は　　ただひとつ
食わんことだ。　こいつをわずらって初めて
そのことに気がついたんだ。　さほど弱ったようには思わんな
もともと　　虚弱
だったんだ。　それでも何か食わなくては、
食ってるところを見せなくては、食が細いって伝えてはある、追い出されたく
ない、もう道ばたはいやだ、あの坂道、
あんな汚いとこ　　　スープを飲まなきゃな、おいらの——

あの女がおいらの肉をとった！　　　　　　あげるよ……
だめだ、あんなふうに
寮母さんがいじめるなんていけない、ツネゴンは意地が悪い。

ツネゴン
何も言うな、動くと痛む。　　こいつをつついてみるか。
食いたくない、
気持ちが萎《な》える。　ああ！　鋲《びょう》留めされたみたいなケツの穴
あああ！　　感覚が　　ない
なんにも
考えられないのに　　おケツの　　芯が
痛い

何も　言うな。

静かに　してるんだ

痛みに　耐えろ

口を開くな

ならんのか

もうじき　また　動かにゃ

ああああ！

落としたぞ、
床一面、そこらじゅうがべとべとだ。おいらだったらあの犬に
あの女。
食わせちまうな、この手の面倒を解決するにはいちばんかんたん。
あっという間に
タッドなら平らげる。タディーならぺろりだ。
ありゃいい犬だった、タッド、安楽死させたときは

胸が張り裂けそうだった、あいつはおいらの分身
かけがえのないやつだった。
　　　　　　　　　　　　　こいつらにはわかるまいて、
どれほど　愛していたか　なんて

おお、　歌か、　すこしは

がんばらんと　　な
あの女　　きっと
歌っているところを　見張ってるからな
る喜びゆるぎなく
老いて　ますます、どこまでも
出来ることなら　　朗《ほが》らかな
ままで、　　日々を
憂えずに
大切なのは　　自由な心
生きる喜びゆるぎなく
老いてますます、どこまでも
大事　　こと
生きてきちんと
未来の　　何するものぞ

全知にして、幸いをもたらあいたたたた！

またしても激痛が。

まただ！

仕事だってさ、やだな、

動かにゃならんじゃないか。どんなにケツを動かさんように
してたって、手を動かせば痛みが走るんだ、

あ痛たた、ほらね。

慎重にだと？
始終痛むケツを抱えてるってのに、どうやってあんな紙屑なんか
慎重に扱えるって
いうんだ？　神経を集中させて
なんかいられやしないだろうが？

はしっこにさっと
糊《のり》をぬる、　簡単そうだな、
だが、こっちの　指が
昔とは　違うってことには
おかまいなし

だものな、　　　　　　　　関節炎で
どうやりゃ　　　ちゃんと
　　できるんだ　　**——ああ、やりますよ**

　　　　　　　　　　　　　　あの女の
言いぐさときたら！　あれでも心優しき女の部類かね。
　　　　　　　　　なかにはこういう女もいるんだろうよ。
　　　　　　　　　　　　　　　　　よし、やってみるか、そうすりゃ
ケツのことは忘れていられる、だが
そううまくいくかね、
かなりあやしいもんだ。
　　　　　　　　　赤い紙、こいつは昨日使った
紙巻き器《ローラー》じゃないな、これよか新しかった、
こいつはがたがたじゃないか。
　　　　　　　　　　　　　　　　　　きっとあの女がちゃっかり

使っているんだ、あたりに唾を
撒きちらしながらな！
グチはやめよう、　そんな
くだらんことで、　文句は
言うまい。　ささいなことに
不平を
鳴らすな。　うまく折りあえ。

いかんいかん！

いたたたたたたた、げ、激痛が！

止まらん。突き抜けるような痛みをどう言い表せばいいのか。

だめだ、アイヴィ、ケツの、痛みが、

作業をしようがすまいが、痛みは取れない、痛みをやわらげるすべはない。

損はなしか。

たしかにそうだね、アイヴィ、何にも損はしないね。

いちばんいいやつ？　他の連中の状況なんて思いつかんな。どれ観察してみよう。なるほど、みんなかなり手元が怪しい、表情は糊で貼りつけたみたいだし、髪の毛はぼさぼさだし、薄汚い。

哀れを誘うな。

こいつだけは仕上げてしまおう。

　　こんなことやっても、

充実感もなにもない、今じゃ、何やってもそうだな。

　　　　　　ああ、始めよう。

水っぽい糊だな。

　　　　　　　　頭のなかで、痛みが突き抜けるのが

わかるぞ！　医者に行ったんだ。いぼ痔です、

医者は即答した。いや、いぼ痔にはとっくになっているんだ、

今回はそれじゃない。そんな馬鹿な、医者の見立てに間違いはない、と言いやがった。

木曜を待たずに医者に診てもらえるよう頼んでおかないと。それまで待てそうにない。あの女、いやがるだろうな、面倒をかける人間が大嫌いだからな。やっぱり頼めない！

だが、木曜まで、我慢もできないし。

やっぱりだまっていよう。

アイヴィは悩みをわかってくれている、あれはいい女房になれるよ、アイヴィなら。見てくれがパッとしないのは、見てのとおりだ、他の女みたいなおだやかな表情ってものがないものな。
これまで苦労してきたのか？
わからん。

糊づけがつらい、今もそーっと
動かねばならないんだ。他のことなんてどうやって
考えられる、ずっとなんだから、痛みが、他に
考えることなんてあるのか、頭のなかがぐるぐる

そうめったにぼーっとはならんが。
ぐるぐる、ぼーっとなったり、はっとなったり、

ない。
豪華なベッド、羽根枕、スポンジ枕なんかじゃ

抜きますよ、
抜きますよ、と言いながら、あいつはそいつを引っこ抜いた、
おいらの口の奥に穴ぼこがあいた、弾痕みたいな
感じだった、そこに舌を突っ込むと、しょっぱい
血の味がした、もはやお手上げだよな？

別のことを考えよう、
別のことを考えるんだ、別のことを。
そうすりゃ気も紛れる。そういえば、
奴はあのときどうやっておいらをはめたのか、わからない、
わかっているのは、騙されたということだけ。
三百ポンド払って宅送を頼んだ、
届いてみると百八十ポンド分しか
ないじゃないか、多く見積もっても

二百ポンド分だ。　　　　　　　　　　　　　　　あれは
フラナリーとかチナリーとかなんとかいう名の、
目端の利く野郎さ、こっちが仕返しできないように算段した上で
ペテンにかけるんだからな、事務所なんて
口から出まかせ——**はい？**
　　　　　　　　　　　　　　　　　　　もっと慎重にだと？
手が、関節炎《アースライタス》だし、アイヴィ、精一杯
慎重にやってるんだ、ほんとだよ。とにかくまあ、
さしておもしろくもない、つまらん、何をやっても
痛みがひかない、他のことで気を紛らそうとしても
ぜんぜん効き目なし、あたたたたたああ！

たしかに、あの女が怒るとどうなるかは察しがつく。
そうだね、アイヴィ、がんばるよ。寮母を
怒らせたくはないからな。

そういや、ブロードウェイの裏通りの
ガードレール下に店を持っていた
こすっからい小男がいたな、奴もこっちがよっぽど
用心してかからないと、肥溜《こえだ》めに
突き落とすようなことを平気でする
野郎だった。お人好しはあんなのと
関わるもんじゃない。いちばんいいのは、

万全を期して、金を払う前に売りさばくことだ。品物が
何であれ、支払う前に売り切ることが
肝心だ。用心したつもりでも、ときには罠にはまっていて、
気づいたときには　**あたたたたたたた！**
もういやだ、これよりましなクッションが使えると
いいんだが、このての病気持ちにはエアクッションを
支給してくれないと、バスでそいつを敷いてる人間を
何度か見かけたことがあったな、あの人たちもこんなふうに
辛い思いをしていたんだ、どうしよう、頼んでみるか、
やっぱり気がひける。

糊が足りないな

ミセス・ボウエン、あいすまんが
糊を貸してくださらんか？　こいつが仕上がるんだ。

どうもサンキュー、ミセス・ボウエン。
ええ、今のところだいじょうぶ。

わしと　同じ状況の　人も
いるかもしれない。いれば　いいんだがな。その半面
いてほしくないような。この　痛みを
押しつけようなんて気は　さらさら
ない。

終わりだとさ、
やれやれ。たいして気晴らしには
ならんかったな。ちょっとはなったかな。ほんのちょっぴり。
だが意味はあるさ。すこしはね。

しっかりしてるな、
最後のひとつを
アイヴィは。まともな部類だ。
丁寧にきれいに仕上げよう。
はい、出来たよ、アイヴィ。今日は
きれいに仕上がっているだろ、どう？

もう一回言ってみるか。**今日の仕上がりはいいだろ、アイヴィ？**
おほめの言葉はなしか。

きのうより出来がいいと思うんだがな。
状況をすべて考慮したってそうじゃないか。文句を言いたいやつには
言わせておこう。そうさ、言いたいだけ言えばいい、
こっちは気にしない。

アイヴィとミセス・リッジは年じゅう
張り合っているんだな。愚かしいやつらめ、どっちもどっちだ。

おいらたちが最高だよ、もちろんさ。
よかった、これでひと安心。ケツの痛みも
忘れていた。

痛たたたたあああ！

小包ゲームだと！　時間の
無駄、また動かなくちゃならん、しかし、しょうがない
小包ゲーム！　このケツでもくらえ！
あいたたたたいたいたい！　またもやケツが、じっと、
じっとしているんだ。　屁を一発ひりだせれば

しめたもんだが　　　まずいよな。

ううくく、**痛い！**　痛い、痛いよ！

小包が来た。

流れを止めてやれ。

何がはいっているのかね？　セーラが開けるのか。

あ、隣に渡した。

わくわくするな。

いよいよだぞ、あの耄碌婆《もうろくばぁ》さんがズルをしている！　**さっさとよこせよ！**

ほうることはないだろ、ほうることは！　音楽が止まった、当たりだ、箱を開けられる、勝った、何だろう？

なんだこりゃ！　中身は糞か！　これが

賞品なのか？　こんなものが？　くさい！

糞糞糞糞糞糞糞糞糞糞糞

糞糞糞糞糞糞糞糞糞糞糞

糞ったれめ！

なぜだ？

立つのか、
運動させようってわけだね。椅子からケツを上げて、
歩けってか？　　やってみるか、
これ以上痛くなりようがないんだ。
いてててたた！　なりようがあったか！
でも　もう一ぺん　挑戦
歩いて　みよう。　　楽しんでみるさ。
遊歩道を歩いているみたいにね。ほどほどが
肝心だ。　　困るのは
自分では絶好調だと思っている矢先に
しっぺ返しをくらうこと。

過ぎたるは及ばざるがごとし、
肥溜めにドボンだからな。　　　　おいらの歩き方が
悪いのかもしれないな。どうもそう
らしい。
痔　なのか　痔瘻《じろう》　なのか
まるでどっちでも好きに選べと言わんばかり
じゃないか！　　あひ、ひたた！
生まれて初めて挑んだナニのことでも思い出してみるとするか。
初体験は忘れられないというものな。
おいらの場合にはそいつが当てはまらないんだよ、初体験に
しても。とはいえ、十七のときだったってことは
憶えている、あとで人に訊かれて
そう答えたことがあるんだ。だが相手が誰だったかは
忘れたな。　　たかだか十七で、どんな知り合いが
いるっていうのかね？　町の子だったんだろうなきっと、
地元の村の玄関先で、これは商売の仲間うちで使う
言い回しだよ、恥をさらすほど間抜けじゃ

なかったはず。もしそうなら、たぶん――だめだ、これ以上
歩けない、立ってられない、くそいまいましい女だ、
ついでに犬も呪われちまえ。

もしもあのときのナニが実を結んでたら、今ごろ六十を越えた
子供がいることになるんだな。息子だったろうか、
いいライバルってわけだ。トムじゃライバルにもならんかった、
そんな気の利いた奴はひとりもおらんかったな。おいらはあいつらの父親だし、
それを否定するつもりはないが、おお、そうだよ！
いったいあれは誰だったんだろう？　記憶がまた吹き出してきた、
あの子は赤毛で、ショウガ色の目をしていて、
双子の山みたいに胸が出っぱってて、
尻なんかイーストアングリア飛行場なみのでかさだった。あそこなんて
まるで赤い渓谷、かさかさに粉を吹いてて、いや、それは言い過ぎだな。
顔は？
はて　顔立ちは　憶えてないな。

お、いいね、
この前は愉快だったな、騎馬戦。あれは楽しかった。
今日はどこに賭けるかな？　前回はミセス・ボウエンが
ぶっちぎりのトップだった、よし、決めた。
ミセス・リッジ、
ミセス・ボウエンが勝つほうに、おいらの朝のミルクを賭けてもいいぞ。
おいらが勝ったら何をくれる？
よし、決まり。握手だ。
取引成立。
各馬、スタート地点に着きました！
ミセス・ボウエン、がんばってくれよ！　勝敗はチャーリーの腕にも
かかっているんだな。　**それ！**
フレーフレー！　よし、一点獲得！

二回戦

スタート！　**行け、チャーリー！**

わお！　二点獲得！

これで勝てる！

ドン！　これが最後、せめて

二対一で勝ってもらわないと！

わお！

ミセス・リッジ、

でかした、ミセス・ボウエン、チャーリー！

おさわりだからね、今夜、頼むよ！

彼女はどっちにしたって得したじゃないか。勝てば
朝食のミルクがもらえたんだし、さわってもらえりゃ
おいらと同じようにいい気持ちになれるんだ、
このケツの状態を考えれば、彼女のほうが数段気持ちがいいんじゃないかな。
不思議だね、騎馬戦の間、ケツのことはすっかり忘れていたよ。そういう
ものなんだな、そういう。

だんだんおかしくなってきたぞ、

ついに反撃にでたか、いたたあああうう！
　　ぎゃあああああ！　　　　　　　うわあああ！
だめだ、何か気の紛れることを考えないと
おさわりだ、待ち遠しい、
うううううあ、　もう　だめ　　だ
どう　したら　いいん　　　だ？

　　　　　　　　　　ことの　起こりは
五十二の時　だった。　海軍に　いたとき
あの小僧を　海に
　　　　　　　　投げ込んだ
罰　なんだ、
あのときの罰だ、　　　　犯した罪　からは
絶対に　逃れられない。

あの生意気な若造が、金をせびってきた、
それで何ピアストルかを渡した。

あいててたははああ！

おおおおお！

おおおああああい！

いたたたたた！

いていていて！

おおおお、**ううう、あああ！**

うっ！

おおおおおおおおおえおえひいい！

おおおおととと！

ああああいやや！

生きて帰って、あいつの成長ぶりを目にできるとは、思っても
みなかった！　なんとしても別のことを考えて気を紛らせるんだ。
生きて帰って。　目に
生きて帰って　生きて帰れるとは
何ピアストルかの　金が
あのときは　はした金に思え　たんだ、それが何年か

経つうちに、
しゃくに　さわり　　せせこましい　　街
痔のやつめ

ううううっ！
あたたたたあああ！

このままじゃすまなそうだ
ばんと破裂するぞ、きっとすごい痛みがおそってくるぞ
めちゃくちゃ痛いのが　**うわあああああ！**
おおおおおお！
一ぴき二ひき三びき四ひき、一ぴき二ひき三びき四ひき、ひつじが通る
一ぴき三びき六ぴき十ぴき何びきだって来るなら来い　**いいいいいい**

どうにも
ならん、　何をやっても無駄、
他人がなんとかしてくれると
あてにしてもダメ、
有史以来ひとは
痛むケツをかかえて
生きてきたんだ
もうだめ、**いたたたた！**
おおおおおおおおお！
規則的に、
波の　ように　押し寄せてくる。
うはあああああああたたた！
うううぐぐぐぐ！
いででで！

話を聞くんだ！

うわああああ！

いや、それどころじゃない。

グローリア・リッジ

年齢	八十五
結婚歴	不明
視覚	四五％
聴覚	五五％
触覚	三〇％
味覚	二〇％
嗅覚	六〇％
運動機能	四五％
CQ値	六
医学的所見	拘縮、足底筋膜炎、精神錯乱、進行性老人性認知症、胆嚢炎、骨粗鬆症、その他

……あたしってばあのとき　　　　それをちょうだいよ、
そしたら　　　　元気になれる
　　　　　　　　おじゃがとマッシュと　　ひざで
いっしょうけんめい　　　　お豆、お豆、お豆
お豆をすくって、もっと　　　　そしたら元気になれる
　　　　　もっと？
　　　　　　　　　　　　　　もっと
　　売っていたのは　　　　わかいおんどり
　　　　　　　　お肉おいしい、もっとお肉、それだってば、
食べて元気にならなくちゃ、それ取ってよ、そしたらあたし
元気になる、それよ、もっとお肉をもらおう。**お肉、まだある？**

あの人食べないんだ、やだわ、あたしが食べちゃえ、食べなくちゃ、

残すなんて気がしれない、あらま！　　ツネゴンだ！
　　　やめて……　　　　ううう！　手が、
手の皮が！　　いたい　　すぐになおる
もっとひどい目にもあってる、めげない。
　　　　　みんなが頭がおかしいって、
食いしん坊だって言うけど、違う　　取っちゃえ、へへへん！
ちょろいもんだ。
　　　　　　　　　ずっと信じてきたのは、
人は自分の仕事を台無しにするってこと、いちばん気に入ってる考え方、
そう信じてれば、他人の世話にならずにすむ、
でしょ？

　お皿をこそいで、マッシュをどけて、マッシュは隅っこに
　　　　　　　　　　　ロープに
ぶらさがって勢いつけて、何にも着ていない、ちょっと布でかくしてるだけ
　　　　　　　　　　ムニャムニャをね、

そう呼ぶのがはやってたのよ、ぬらぬらした生物がうじゃうじゃしてる汚れた水に飛び
込むの、のけ者にされてね、いや　　危機をのがれてだったか、
所詮ただの映画だけどさ。
　　　もうひとつ見た映画には、チンパンジーの
チャーリーの飛び込みシーン、あれは娘ざかりのころ。　それから
やくざなギルバート・ハーディングものも見たっけ、楽しかったね！　淀んだ水に
飛び込むと、ナメクジみたいなのがどっととりかこむ、うじゃうじゃ
群がるんだから！　　　よく大笑いしたっけ！
　　　　　映画でも見せてくれたらいいのに、特権を利用して
わがまま言う人もいるけど、ここじゃそんな人いない。
　　　　　　まったく見込みなし。

パパ、ママ

　　　　胸肉《ブリスケット》とおじゃが、胸肉《ブリスケット》、胸肉《ブリスケット》、
アトリスケット、大好きビスケット、ブラウンブレッドにチョッキ、
あいつの腕時計についたパンくず。

あたしの名前はグローリア、略して
あたしじゃ、だめ？　あたしの
グローリー。さっきのはやり過ぎだよ。
恋人は指でいじりまわした、青い髪をしていて、
切れ長の黒目で、パンツ姿だと　身長四フィート。　と三インチ、
今でもありありとおぼえてる、初めて
会ったのはパブだった、あのときあたしは友達と一緒、向こうも
仲間と一緒だった。　黄色いジャンパーと淡い青のスカート
そんなことが二、三回あって、二人きりで会って、
暗がりに行った。あのころ、よく飲んだのはミルク・スタウト。
あいつが初めての人、あれは雨の日だった。

今日はあの女がしくじった、あたしじゃない、寮母さんにやられるぞ、
あたしじゃないもん、いい気味。

あ、しないんだ、
そんなのずるい、ただがみがみ口で言うだけ

ツネゴンも来ない、そんなのずるい。

ずるい！

あたし

あたしにばっかり、ばっかり、ばっかり、ばっかり！　大声で言ってやれ

あたしにばっかり！

ツネゴンめ、よかった、

聞かれずにすんだ、ほんとによかった！

ゆうべあたしはジンを一ガロンも
飲んだんだよきっと、そんなことできっこないか、お金は
いったいどこから出る？　そんなことしてもあいつは来ない。
食事をへらして、サポーターと
サスペンダーを巻く、だめか、彼の分を飲むつもりじゃない、でも
飲んじゃおう、

去も未来も憂えずに
大切なのは未来のこと
生きる喜びゆるぎなく
老いてますます、どこまでも

……大事ぃなぁことぉはぁ
生きてぇきちんとぉ見届けぇることぉ
未来のぉ薄ぅ闇ぃ何するものぞぉ
主ぅをぉ信じぃてぇ突きぃ進むぅだけぇ

おお幸運なぁるぅわぁれぇらぁここにぃありぃ！
大事ぃなぁこぉとぉはぁ
生きてぇきちぃんとぉ見ぃ届けぇるぅこぉとぉ！

これであの女に喜んでもらえるはず、もうツネゴン来ない、あたしくらい大声で歌った人いないもの、あのおデブの野暮天アイヴィもね、虫の好かない女だよ。

お仕事だって！　日々の糧《かて》を得ようと思ったら、お仕事しないとね！　人生必ずしもこびへつらうのみにあらず、殺し屋を雇わねばならぬこともある、あはは！

あの二人に何をさせようというんだろ？　あたしだって、何だってやれるのに。

ツネゴン！　ツネゴン！

それだけじゃない、くだらない話はするし、食事の作法も
なってない、なってないといえばミルクとパセリでこさえた
ソースも

　　　　　　　　　　　　　　　　そうだ、そうだ！

　　　　　　　　　　　　　　　　慎重にだってさ、
あたしはいつだって慎重、ゴムなしじゃぜったい、
やらせなかった、生まれてこのかたとっても慎重、
うっかりデキちゃったこともない、一回も！
　　　　　　　　　　　　　　　　とっても慎重なんだ、
とってもかしこいんだからね、あたしは。
　　　　　　　　　　　　　　　　あんなもの簡単だよ、
でもちぢれた紙はあまり得意じゃない、
うまく出来ない。
　　　　　　　　　　　　　　　　めんどくさい、

アイヴィみたいな人にはあってるんだ。　**いっさい、何にも、やってございません、**
やってないざます!　これ、あたしの箱じゃない、こんな仕事嫌い、
ここにはない、誰のせいなの?
この仕事やりたくない。**こんなことやりたくない!**　アイヴィもいや、
鼻持ちならない女、薄汚いユダ公め!

薄汚いユダヤ女のくせに!　あいつに恥をかかせてやった、これで少しは
口のきき方もわかっただろ、あたしは
命令されるためにここにいるんじゃない!
命令なんかされたら黙ってないからね、あのツネゴンは別だけど、
天敵はあれだけだよ。

さあここに坐りますかね、こうやって、ちゃんと坐って、

気が向いたらお仕事すればいい。ひとつやってみよう、
紙巻き器《ローラー》で紙を丸めて、ここが、ちょっと
やっかい、ローラー、ローラー、ペニー・ア・ペイント、ペイニー・
ア・ペント、鼻持ちならない女、紙まきまき、赤い紙、赤ペンキ、
赤紙巻き、まきまき、まきまき。
こうしておいて、放っておけばいい。こうしておけば、
あたしに気づいても、ちょっとひと休み
してるんだって思う。　　おお、なんておりこうさんなの、
言い抜けるのなんておてのものよ、言い抜け方法は
教わったんだ、職場でね、あんたたちの言い訳なんか
ほとんど効果なし　　　　こんな気持ち悪い糊《のり》になんか
さわるもんか、いや、さわるのは絶対いや。
　　　　　　　　　　ツネゴンが
あの女と舞台に上がった、ツネゴン、ばいばい
ツネゴンさん、ああ、せいせいした！　あたしが

こうしてここに坐って、口もきかず、何もしないでいても、
あの女があそこから降りてきて
あたしにツネゴンを仕向けることもない、
魔除けのニンニクがないから、ツネゴンが来るんだ。

あのままあそこにずっと　　　　　あいつら
似た者同士なんだ　　　　いいこと、あたしがあの女なら、
あんなの我慢できない、あんなこと、あたしは
だめ。

給料に見合うだけ働けばいいんだよ。ときには
あたしたちそれもしなかったけどさ。連中みんな出かけていっちまったんだ。娘たちは
おいてきぼりさ。あのころ地元で遊ぶ子なんていなかった。

あの女、あの二人と組んだ！　ほらね、あたしには

声もかけてくれない。ずるい。きのうもあいつ
そうだった。ずるく立ち回ってあたしを誘わない。ぜったい
そうだよ。みんなと同じようにうまくできるのに、
紙巻きだってできる、糊づけだって。あたしだって仲間に
なれるのに。　　　　　　　　　　　　アタマきちゃう。

みんなどこ行っちまったのさ？　さっきまで、みんな
いたのに。　　　　　今はもういないんだね。あれは
あたしの本当の恋人だったのかな、あたしの本命。あいつの髪は
金色、目は青くて、背丈は靴を脱いで六フィート
二インチ、初めての男。あたしの愛した人。
あれから一人、二人、十二人。あいつは安酒場から通路に飛び出してきて
ぶつかってきた、あたしのほうは床磨きの

最中で、ミルク・スタウトがこぼれたんだ。あのころはうら若き乙女だったんだ。あいつが初めての男。あたしの濡れた足を拭《ぬぐ》ってくれてさ。あたしの煙突掃除をしてくれた、すす払い、そうあいつは言った。あたしに何が言えた？

あれは凍《こご》えるような朝だった。氷点下の寒さはインフルエンザを追っ払ってくれる、イギリスじゃ有益なもの。何もかもがめちゃくちゃ。


あのころはやりたい放題だったねえ。黒いのも混ぜちまえ！　そうボビーがわめいたんだった。あれはあたしのタピオカ以上においしかった。

あたしが自分の腕をもいでシチューのなかに入れて出したら、なんて言うだろう？

引っかかった、引っかかった！

わるい？

台無しにしたのは、牛乳屋とその女房だった。
あんなイカれた女を嫁にもらうなんてどういうつもりだったんだろ？　クリームが
全部固まっちまってさ、あの女ならやりかねない。

つまり
何にもすることがないんじゃなくて、する気がないんだろ！　あんたなんか、
唾をかけてやる。アイヴィは薄汚いユダヤ女。
あいつのオッパイなんて垂れ下がっちゃってさ。ほんとは、そんなものないのさ、
ビール腹がふくらんでるだけ。胸なんかぜんぜんなし、
肉汁がたらーりと流れているみたい。アイヴィのやつ、
あたしをコケにして！　こっちはあつあつ料理に舌鼓を打つよか
あつあつの時間を過ごした回数のほうが断然多いんだから。どういう
了見なんだろうね？　あいつったらあたしの最後のひと切れをくすねたんだ、

あたしが最後まで取っておいたのに、本当なんだから、あのアイヴィがやったんだ。
でもイエス様はあたしの最期を見守ってくださる。あたしを天国にある
自室に運び上げてくれて、ひと晩じゅう天使の歌声を
聞かせてくださるんだ。星があたしの頭上を照らすと、
あのお方がやって来る、
ミルク・スタウト持ってさ、それから太陽が出てきて、星がまたたく天空を
照らす。そしてあたしらはいついつまでも、
永遠に幸せに暮らすんですからね。
ああ、なんてすてきなんだろう。　　　　アイヴィには無理だね、
あいつは永遠の命なんて持てっこない、あいつは生涯
垂れ乳とべとべとの指でくらすんだ、
死ぬまで、そして

おや、まあ、まあ！　あいつらお喋りする気だよ！

ろうそくだって燃えつきたらおしまいなんだよ！　娘ひとり、
いつまでも、あたら女ざかりを無駄には、
できないだろ？　　　　　　　　　　　　　　　　　いつになったら
お許しが出るわけ？
きのうはあの人たちが戦争に勝った、兵士たち全員が勝利を叫びながら
帰ってきた。彼らの唯一の誇りは股間に、
犬のしっぽみたいにぶら下がったもの。あたしたちは超過勤務
だったよ。そんなのへっちゃらだよってあたしは言った、あいつが帰ってくるまで
あたしはいい子にしていたもの、あたしなりにだけど、いつも
流行を追いかけてさ、硬布ペチコートでふくらませたワンピースを着ていた、

糊の利いた袖、下には何もはかないの。　まったくね、あのころはあたしらも
意気がってたもんだよね！

今じゃ、髪をとかそうとすると、腋の下が
つれて痛い、とっても痛い。医者に診てもらわないと。
あの人なら助けてくれる、マージェリー・ストリートのお医者さん。
エクスマス・マーケットを抜けていくなら、屋台で
肩肉を買って、それからアムウェル・ストリートの
あそこの場所を抜けていく、教会の向かい側は、いつも下水の臭いがしてたっけ、
マージェリー・ストリートに入ったら、全体止まれ。
そりゃあもう、いいお医者様なんだから、腋の下の痛みもきっとなおしてくれる、
ずきずきいやな痛みがそのうちに刺すような痛みになる、痛い！
スモークサーモンの切り落としもいいね、肩肉はやめよう、

四分の一ポンド当たり六ペンス、
骨付き肉、切り落とし、あたしの大好物、
エクスマス・マーケットのスモークサーモンの切り落とし、
嚙めば嚙むほど味が出て、とにかくおいしいんだ
いっぱい食べたくなる。
　　　　　　　　　　　またお腹が減ってきた、朝まで
お預けか、最悪。

あたしの愛した人。髪はカラスの濡れ羽色、
瞳はグリーン、靴を脱いだときの背丈は
四フィート三インチ、初めての男。あたしの色目でイチコロさ。本命はひとり、
その後も何人か。あたしが酒場で床磨きをしてたとき、
あいつがぶつかってきたんだ。あのときあたしは
四十歳、大台ぎりぎり。記憶では、あのミルク・スタウトの出どころは

大ジョッキだった。そんなことどうでもいいか。
あれからどのくらいの男と？　かなりの数だねきっと、
次から次へ、とっかえひっかえ、何人も、何人も、いろいろたくさん、やだね。
やだね！

こうやってあたしたちは出来上がる。空が欲しいって言ってみればいい。イエス様は
こしらえてくださる。ここじゃだめ、あんたはやってくれない。イエス様は
羊飼いだったの？　砂漠で羊を飼っているの？　あのお方は彼らに
食べ物をお作りくださったんだよね、魚とパン、あたしにも
何か出してくれないかな、お腹がぺこぺこ。ここじゃろくすっぽ
食べさせてもらえない。若いころは角のあの店に立ち寄って、
〈ウォールズ〉のランチョンミート四分の一と
豆の缶詰を買ったものだった。あれはお腹にたまった。

あいつ何やっているのかね？　またこっちに来るつもりだろうか、やっぱり。　でもツネゴンは来ない、へへんだ、ツネゴンは舞台の上においてきぼり。　いい気味。

あ、鬼婆アイヴィがテーブルをまわってこっちに来る！
伝い歩きのアイヴィ、仕事が終わったんだ。あいつらきっと出来上がったんだ。あたしはひとつも出来ていない。どうでもいいさ、誰が気にするわけでもない。指図なんてごめんだよ。ちょっと試してみるかな！
よたよた歩きの

足萎《あしな》えのアイヴィ、さわらないで！

あんたってやな女！

ツネゴンは舞台の上ですよーだ、あっかんべえ！

そら、次はあたしの番、ツネゴンは一緒じゃない。
そら来た。
なんで仕事なんかしなくちゃいけないのよ？
あっちに行け、
チャンスを逃すな、
うきうきらんらん、らりるれろ、
あっちに行っちゃえ！
六の七倍で天国に行ける、
ピシャン、パシン、バキューン！
初めて出会って朝焼けにもだえ、
草むらの欲望に身をゆだね、ああ、あのころに
戻りたいったら戻りたい、さてさてどうする？
もうこのぐらいでやめにしよう
あしたがあるじゃないの、ずっと、この先も——小包ゲームだって、
あれね、ゲームは好きだよ。小包ゲームやろう、
あたしが優勝、郵便屋さんが運んでくる
小包、茶色の包み、きっとあたし宛だね、あたしが一等賞、
本日投函、クリスマスには間に合わない、びっくりプレゼント、

あたしが最後に受け取るようにしなくちゃ。
わくわくしちゃう！
音楽、スタート！
次だ、次はあたし！　あたしの小包！
開けちゃえ、音楽、止まってるもの。
ふにゃふにゃしてる、紙を破っちゃえ。何かな？
音楽が鳴った。　あーあ。　**性悪女！**
高飛車アイヴィが、言い返してきた、いつだって
楯突《たてつ》いてくるんだから！　邪魔しないでよ、鼻持ちならない女！
あ、まわってきた！
またもやチャンス到来。くさい。何これ？
放すもんか。もうちょっと開けてやれ。やっぱり、くさい。
ルールだって？　**わかってるわよ！**
もうこんなゲームおもしろくない、もう

やりたくない。　　　　　　いやな臭いのゲームなんて。じゃあどんな
ゲームならやるのさ、時間がかかるゲーム、長い長いゲームを
編み出すのがいつも得意だった、あのころは
おてのものだったんだから。　　　　　　マダムの部屋には
四つあってね、あたしたち女の子にだけ特別に
ひとつくれたものだった、そう、あたしがいちばん
可愛がってもらったな、一番、一番、一番、一番、
一番、一番、一番、一番、一番、一番、一番
一番、一番、一、一、一　　　　　　　　一番！

でんぷ、でっぱり、でっちり、むっちり、もっちり　　**おしり！**
あいつの死因はわかってる、何がいけなかったのかはわかってるんだ
あの夜、すごくよかったんだもの、あれが
いけなかったんだ、睡眠中の心臓発作だって
医者は言ったけど、でもあたしにはわかる、命を縮めたのは

気持ちいいことをやりすぎたから。
いい亭主だった、
あいつの子を八十人は産んでてもおかしくない、それくらい
あいつを喜ばせてあげた——今度は何なの？
トラベル？
運動は嫌い。　でも
ツネゴンはいや！
うんとこしょ、太り過ぎで体が動きやしない。よたよた、
よたよた、こんなことをして何になる、今さら男連中を
惹きつけようってわけでなし、まったく無駄も
いいとこだよ。男を寄せつけないためにもうひとふんばり、あはは！
あっはっは、ロンたら、はっはっは！
君子危うきに近寄らず。　遠まわりしよう。性悪アイヴィは
避けなくちゃ。そのうち今に、

あいつがあたしを逆なでしてくるから、そうしたら
一発お見舞いして、ぐーの音《ね》も出なくしてやるんだ、
ぐーの音ってどこから出るんだろ？

本命は赤い髪をしてた、朝焼けみたいな赤い色、
本気で愛した人。目は茶色、靴を履いたままの背丈は
四フィートとちょっと。一人、二人、
三人、四人目の人、なんで数えてるんだろ？　いやだね、はは！
出会いは、あたしが男便所のびしょびしょの床を
拭いていたときだった。あいつがバケツにけつまずいたもんだから
ふたりは床でご対面、消毒液にまみれて励んじまった。
あいつ、とろけそうにうまいんだ。あのころはこっちも
若い盛りだからね、元気なもんだよ、楽しかったな、
当時じゃそんなこと、誰も思いつかないよね。

ロンが坐った、あたしも
坐っちゃえ、ツネゴン来るか来ないか、まずはあいつを
つねってよね、ツネゴンさん、
ロンのほうが先に坐ったんだから。

手がちぎれるほどそりゃ何度も手を振ったわよ、国王陛下ジョージ六世が
お通りになったんだもの、あの日は無礼講、ビルの上の窓から
手を振ってもいいとのお許しが出て、そりゃあ興奮したわ、
あたしたち女性陣はね、胸がどきどきなんてもんじゃなかった、
お天道様が照りつけるなかで何時間も待った、あれは十二月末だった。
国旗が街路にひるがえってた、みんなでユニオンジャックの小旗を
振りたてて、そりゃあすごい歓声だった。あれは

じつによかった。あのときだったよ、いつの日か
あたしがお妃になれるかもしれないって思ったのは——あいつが
騎馬戦を仕切るってことは、ツネゴンの出番はなし、よかった。

何の話？　**朝のミルクをくれるの？　いいわよ、ロン、**
あんたの欲しがってるものをあげる、
やろうじゃないの
就寝前のトイレなら邪魔されなくて
いいんじゃないかな。
じゃ、握手。
朝食に二人分のミルク、やったぜ、
いつもコーンフレークが多すぎて、ミルクが足りないんだもの、
うれしいな、楽しみがあるのっていいよね。
始まった。

とろいやつ　　一本取られた。

またやられた！　二人分のミルクにありつけないじゃないか。ま、いいか。

気持ちいいことしてもらえるんだし。


三回目も！　ロンはたしかに先見の明があるわね。

あんたの勝ちだね、ロン、心配ご無用、望みはちゃんと叶えてあげる。この人どんな気分になるだろう？　あたし、アソコには自信があるんだ、少なくとも昔はね。

ひょっとしてアレを握らせようとするかな。

それともしわくちゃのぶらぶらのほう？　どうでもいいけど、時間はかけないからね、ロン、いいわね。

いやだね、誰が聞くもんか！　耳にたこができちまう！

あの大きなミートパイ、とにかく
大きいのなんの、手で抱えきれないくらいだったんだ。すごいんだから。
あたしたち三人の合作、クラブで食べるためにね。あのころは
クラブも出入りが自由でさ、それで友達のエディから
ラードと小麦粉を混ぜるのを一緒にやろうと誘われたんだ。すぐに
出さなくちゃならなくてさ。お肉をものすごくどっさり買い込んだ、
かなりの金額になった。パイ皮の表面にはカモメを散らして、
全体をエッフェル塔みたいな
塔の形にこしらえてさ。上に伸びた一本の
尖塔のうえにパイ皮が見事にのっかった。
そのおいしいことといったら、ああ、たまらない！　司祭様たちの分は
残しておかなかったんじゃないかな？
あのころはよかったな、
配給生活の不便はあったけどさ。食料品屋とかのたぐいに色目を
使わなけりゃならないんだもの。あいつらは

いい思いをしたよね、店の裏手で
せっせと励んでいたっけ。
あの男たちは今ごろどうしているのかね？

みんな死んじまった。エディも、フランクも、ドゥーグも、ミーヴも、
ディルも、ひとり残らずいなくなっちゃった。
みんなどこ行っちゃったのさ？　今どこにいるんだろ？　あたしは
今どこにいるのさ？
　　　　　　　　　　余計なのばっかが全部ここに
いて、あの人たちがいないって、どういうこと？
　　　　　　　　　　　　　　　　　　　　　　どうせ
悪ふざけしてるんだ、よくあの人がそう言ってたじゃないか
　　　　　仕事を頼みに行ったら、信用照会状はどうしましたかって
　　　　　　　　　　　　　　　　　　　　いいですか、
係の人に訊かれた。
仕事を探すときは、しかるべき書類をそろえて
おいてもらわないと、
あたし働きたいんです。

すごく難解、笑ってる
笑ってますよ！　笑え、
笑え、だめ　　死にそう
ある夜二人で演芸館めぐりを
したっけ、鉛筆の芯みたいな鉛色、あれよかずっと
大きかったけど　あいつったらすっかりのぼせ上がっちまって、笑っちゃうわね、
あんなのそうそうお目にかかれるもんじゃないよ！　あれは
ボックス席だった、チョコレートやら、プログラムやら、
喫みきれないほどの煙草。すごくおもしろい芝居
だったけど、あいつのお目当てはお見通し、あの紫色に
腫れ上がったあそこを見ればね！
動物が塩を舐めてるみたいだって、あの人は言ったたっけ。
あたしも

　　　　　　　　最初にいた施設じゃずいぶんいろいろ
あったけど、三番目のここではとんとご無沙汰、
でも本当はみんな好き者なんだ、
陰でこそこそ、ちょっとワセリン貸して、なんてよくあの女が言ってたっけ、
ちょうどあんなふうにね、ちょっと——やった！　アイヴィが
やられてる！　流れが変わった、寮母さん、そいつに
ツネゴンして！　そら、あいつが窮地に立たされた、雌犬アイヴィ、
おデブでずるくて汗くさいアイヴィ！　デブっちょアイヴィなんか細切れだ、
そいつを肉屋に売り飛ばせ！

　　　　　　　　　　　　　　　　　　　　　それがどうかした？
また楽しいことをしてくれるんだ。　　　　すてき、
さっさとやってよ、さあみんなで見よ、見よ。
　　　　　　　　　　　　　　　　　　あ、あの女、
　　　　　　　　　　　　　　今度は別のも
着ていた服を犬に投げつけてる！
　　　　　　そうか

楽しい、昔を思い出す、あれは　　　　　　　　ああ、こういうの
失業中のころ……　　　　　　　　　　　　　　どのくらい前だったかな?
　　　　　　　　　　　　　　　　　　あれま!
　　　　　　　　　　　　　　　　　　　　　ぜんぶ脱いじゃったよ、すっぽんぽん、

ヒャッホー!

　　　　　　　　　　　　　　　犬はごめんだね、一度、二人で
犬の施設にもらいに行ったことがあるけど、もらわずに帰ってきた、
飼いきれなかっただろうね　　　　　　　　どっちみち
　　　　　　　おニューのワンピースなのにカスタードのしみがついてる、
誰のしわざ?　　　　　　　　　　きっとアイヴィだ、
アイヴィに決まってる!　　　　　　　**いやな女!**
鼻持ちならないカスタード女、人をコケにして、何かにつけて言いがかりをつける、
それというのもあたしのほうが胸が大きいからよ、感じ悪いカスタード女、
ムカつくカスター、ムカつくカスター。　　　　　　　　　本気で愛した人、青い
目、緑だったか、六フィートの背丈、アソコも

のっぽさん、あたしは皿洗い、最初の男、最初の
あの女のお話を聞かなくちゃ！

いや、どうでもいいわ。

ショネッド・ボウエン

年齢	八十九
結婚歴	死別
視覚	五〇％
聴覚	四〇％
触覚	三五％
味覚	五五％
嗅覚	四五％
運動機能	二〇％
ＣＱ値	八
医学的所見	拘縮、糖尿病、大腸憩室炎、良性腎腫瘍、消化管病変、対麻痺、その他

……いいお味だこと

今度はお肉

あそこのお屋敷、キッチンだけでも
二十人は坐れたわね、クリスマスのお給仕の前にはそのくらい坐ってましたもの、
とにかく暖かいの　　女中部屋よりずっと、この言い方、今でも
ぞっとしちゃう、自分が女中だなんて考えるのもいや、あの人は
違った、あそこでどんちゃん騒ぎなんてしなかった、身の程を
わきまえていたんですよ、自分は召使いなんだって、そうよ　　このカスタード
水っぽい　　しかも緑色、よくこんなものを出せるわね、あそこの
キッチンには大きなボウルがあって卵を割り入れてカスタードをこしらえた、
本物のカスタードですからね、すごい回数かき混ぜなきゃならないから、腕が
しびれてきちゃうの、女二人で何度も何度もかき混ぜて、
時々あまりにも痛くなり過ぎたりして
あそこのキッチンは
すごく大きくて二十人も坐れて　　マホガニーの

食器戸棚、引き出しは真鍮《しんちゅう》の取っ手、真鍮は大嫌い、
ぴかぴかにしておく手間が大変でしてね、
でもあの人は好きだって。

あたくしのことをね、
あの人が興味をもったのは、あたくしの心なんかじゃない
ひどい男
すごい太鼓腹だったわ、あの人のお腹ときたら
それのどこがいけないんだとあの人は言った。
いけないからいけないの、と言ってやりましたよ。

太鼓腹のあの人は、キッチンを始終
うろついては大鍋のなかの残り物をごっそり失敬するんですよ、
笑い声をあげながら、もしも料理女か誰かが止めようとしても、ひょいと
身をかわして、その辺のものをなぎ倒していく、あの太鼓腹とむっちりした
お尻でね。　知ってるんですからね。

あそこのキッチンにはたっぷりの空間があった、そう料理女も言っていた、
六十人分の料理をこしらえるときだって余裕だったもの、時季によって
そのくらい大勢のお客様があったから、それはもう大変　　ほんとよ

　　　マホガニーの食器戸棚、隅々まで黒光りするまで磨き込まれていた、
攪拌《かくはん》用の卵白、これでお嬢様たちが大好物だったメレンゲを
作るんです、黄身のほうは翌朝の炒り卵に
混ぜてしまう、これが卵を使い切る一番の方法。

　　　　　　　　　　その後何年も過ぎてから
町に出ましたらね、そこにあの人がいたんですよ、何年ぶりだったかしら、
〈ベア〉の店先にね、太鼓腹がますます大きくなっていた
　　　　　にやりと笑ってた
　　お腹のあたりがきゅんとなって、どうしていいか
わからなかった、あの人に会って気が動転してしまったのね。

夏場のゴルフ練習場には
お天道様がかんかん照りつけていて、あそこでの仕事は
すごい暑さ、二倍の暑さだった。

あたくしは
ショネッドと申します、ここで働いているんです、それはご親切様。

その後の成行きがどうして読めるとおっしゃるの？

さあお片づけ、お手伝いしましょう、まだ動けるんですもの、ほら、
車椅子につかまっていくの、お手伝い、お皿を重ねましょ、はい、
持ち上げて――あら、たいへん！ **わざと**
落としたんじゃありません！

ワンちゃんにあげようなんて
してません、いけないって規則ですもの。

夏の日に訪れた完璧な一瞬
新世代の巧手によるSF作品集

射手座の香る夏

松樹 凛

【創元日本SF叢書】四六判仮フランス装 2090円 E

寂れた島で過ごした夏、記憶の中で鮮やかさを増す夏、
限りなく続く仮想の夏——夏を舞台とする四編に、
青春のきらめきと痛みを封じこめた、
第12回創元SF短編賞受賞作を表題とするデビュー作品集。
解説＝飛浩隆

平凡すぎる青年、国を揺るがすとんでもない殺人事件に巻き込まれる！
大好評ノンストップ・ミステリ『平凡すぎて殺される』続編！

有名すぎて尾行ができない

クイーム・マクドネル／青木悦子 訳

【創元推理文庫】定価１４３０円 E

探偵事務所を始めた青年ポールは、浮気調査のためターゲットを尾行中。だが国中が注目する不動産開発詐欺と殺人事件に巻き込まれ……。おもしろさ最高潮のシリーズ第二弾！

竜の医師を目指す二人の少年の出会いと成長の物語

竜の医師団1

庵野ゆき

【創元推理文庫】定価１０５６円 E

竜は愛の生きもの。だが竜が病みし時、彼らは破壊をもたらす。〈竜の医師団〉とは竜の病を退ける者。第４回創元ファンタジイ新人賞優秀賞受賞の著者が贈る、異世界医療譚。

シリーズ続刊
竜の医師団2
3月刊行予定

■創元推理文庫

冒険小説論　近代ヒーロー像一〇〇年の変遷　北上次郎

定価1650円 ⓔ

この一冊をもって、この百年の文学史に冒険小説は永遠に刻まれた。洋の東西を越えて連なる豊饒なる小説、その山嶺を闊達な筆致で踏破する一大評論。日本推理作家協会賞受賞。

天の川の舟乗り　北山猛邦

定価946円 ⓔ

「祭の夜　金塊を頂く」という脅迫状が届くが。実際に起きたのは密室殺人で……。大胆なトリックと切実な動機が胸を打つ表題作ほか四編を収録。気弱な名探偵第三の事件簿。

本格・結婚殺人事件　辻真先

定価990円 ⓔ

文英社主催の第一回「ざ・みすてり」大賞受賞し、牧薩次は可能キリコへのプロポーズを決意する。しかし選考委員三名が次々に姿を消してしまい……。幻の長編が待望の文庫化。

2
2024
新刊案内

東京創元社
〒162-0814 東京都新宿区新小川町1-5
TEL03-3268-8231(代)
http://www.tsogen.co.jp
*価格は税込

NHKドラマで話題！
待望のシリーズ第1巻が、創元推理文庫に。

デフ・ヴォイス

丸山正樹

【創元推理文庫】
定価814円 E

手話通訳士の資格を得た荒井尚人は、
警察時代に立ち会った殺人事件の容疑者と再び出会う。
コーダの手話通訳士・荒井尚人〝最初の事件〟。

そうね、しょうがないわね。

はあはあ、ごもっとも　　　　　　　　　　　　　　　　山羊が
牧草地にいた。あのころは山羊を飼っておりましてね、あたくしどもは
食べなかったけど、お嬢様たちが召し上がった。山羊はだめだわ、
選り好みするたちじゃないけど、あれはだめ、お嬢様たちはお好きだった。

いや、
あんな女の歌なんて歌うもんですか。馬鹿みたいな歌、他にすること
ないのかしら。

ひどく大げさなんだから、あたくしが悪いんじゃないのに、そうよ、自分の食器は自分で片せばいいのよ、あんなふうに大騒ぎしちゃって。

大切なのは

ますます　までも　ぐっ、ううう！

はあはあはあ！

何するものぞ
だけ

大事なことは

ること

ふうっ！　もうちょっとで息がつまるところだった。

なんとまあ馬鹿げた歌だこと、

みんなさっさと切り上げて、別のことをすればいいのに、疲れちゃったわ。

おお！　うとうとしちゃったんだわ。アイヴィが道具を
配っている、これはいい、何かしているほうが好き、
ぐうたらはいや、常に体を動かしていないとね、おててが遊んでいたら

成果が台無し、集中しなくちゃ、これなら出来る、また
パーティ用品ね、指を使うのは苦手だけど
気を抜かなければちゃんとできる、ほらね、ええと
糊《のり》はどこかしら、あった。皺なくきれいに丸めて、しっかり
押さえて、鋏《はさみ》でちょきんとやって、糊をぬるぬる、いい糊だこと、
うん、これでよし！
ああ、あたくしにもできるじゃないの。今日はアイヴィに負けませんからね。
あの人よりたくさん作ろう、それだけたっぷり紙を
分けてくれればいいけど。きれいに皺なくくるくる巻いて、しっかり
押さえて、鋏でちょきちょきやって、まわりに糊を
塗りつけて、貼り合わせて、はいまたまた完成。
きれいにきれいにくるくる巻いて、しっかり押さえて、端っこを
ちょきん、ちょきん、これ、いい紙だわ、今日の紙、
糊をぬって、あら多すぎたかしら、ま、いいでしょ、
お金を払ってくれるわけじゃなし、ええと、ちょきん、ちょきん、
鋏を入れる、頭を使わなくてもできちゃうわ、かんたん、
芸術品に仕上がった、〈フラー商店〉に

いたころを思い出すわ、包装の達人、よく店員同士で
競争しましてね、誰がいちばん早く箱詰めが
出来るかって、たいていあたくしが一番でしたの、一人だけ
いい勝負の子がいましたっけ、といっても
お金を賭けたわけじゃないけど、あの子の
名前は　　　　　　　　　　　　　　　髪は
金髪で、バラ色のほっぺをしていた、パン屋の小僧たちを
すきあらば、からかったりもしていた、
名前はなんていったかしら？

そうそう、ある日の昼下がり、すごく暑い日で、
あの子ったら店先で服を脱ぎだしたんですよ、上っ張り以外
全部脱いでしまって、上っ張り一枚はおった姿で腰掛けるの、
大胆よね、もしもパン屋の小僧がたまたまそこへ
来合わせて、彼女のすっぽんぽんの姿を目にしてたらどうなっていたことか、
あたくしたちはその神経の図太さに開いた口がふさがらなかった、
あの女、こっちへ来る——　　　　　　　　**はい、なんですか？**

ええ、ご一緒しましょ、

この前と同じく
紙を丸める係になりたいですわ。 あら、昨日だったかしら？
ま、いいわ、もうすこしでアイヴィをだし抜くことが
出来たのに、あれは意地悪されて紙を分けて
もらえなくなった日だった、けど、アイヴィは
一緒に作業したのが昨日だと思っているみたい、
たぶんそうなんだわ、あの人のほうが記憶力はいいものね、
こっちはどんどん劣えるばかり。

そうですわよ、どなたかがまとめ役にならなくてはね。
いつもあなたばかりのようだけど。寮母さんがだめなら、
やっぱりアイヴィよね。 彼女なら歓迎だわ。
さあ紙を丸めよう、きれいに楽々、その調子、
何という手際のよさ。 はい、どうぞ。
かんたん。

貯蔵室の隣が
お給仕をしながらお客様のお喋りを
紳士淑女の皆様のね
彫刻の間
よく聞いておりました
ときどき
あそこにあった彫刻は
どうも好きになれなくて、重々しくてくすんでいるんですもの、
古いお屋敷だったから天井には届かない、
ドアの上にかかった盾形の紋には、一六三六年と
あったけど、お屋敷自体はずっと新しかった、
どの部屋も天井が高くてだだっ広いし、彫り物は
紋章や家紋や盾ばかり、親戚筋にあたる
一族のもの、あるいはそうであってほしいと
思ってのものだったかも、
裏庭の芝地に日時計をこしらえて
反射鏡で日射しを当てるようなものですわね
初めて目にした瞬間お屋敷自体は気に入ったけど、
自分がはしためになったということですからね、
女中の身に落ちぶれたのはあの連中のせい、

村から徒歩で、メガン・ウィリアムズの乗る馬の
早足にせき立てられながら、シャクナゲの咲く街道を何マイルも進んでいくと、
突然お屋敷のてっぺんが見えてきた、
白と黒の色合いでしてね、でも大きくて、これまで見た
どんな白黒のものより大きい、それでもどんどん
近づくにつれて、それが木材ではないとわかってくる、
漆喰とかそのようなものに描かれた白黒の
文様だった　　　　　　とにかくすてきなお屋敷で、
もうどうでもよくなった　　　騙されたことなんか

　　　　　　　　大広間　　宴会場
エールウェンお嬢様の肖像画　　　　　　それと
小ぶりのも　　　　腰板は樫材、ぴかぴかに
磨きこまれ　　　　それと真鍮で枠取りされた大型
トランク、飾り鋲が打ってあった　　　　胸が張り裂けそうでしたよ
　　　　　　　あのお屋敷が死んだなんて、一九三九年に、

そう聞かされました。

自分の名前を取り上げられさえしましてね、ショネッドという名前はお気に召さないって、ぜったいそうは呼んでくれないし、ジャネットでもだめ、勝手に適当な名前をつけられて、エマですって、何よりもいちばん嫌いな名前。

アリン・スィウェリンたら、ビーズ細工の最中に「くそったれ《ファック・イット》」って言ったんですよ。そのころのあたくしにはその意味がわからなかった。言った当の本人だってわかっていなかったんじゃないかしら。ミス・ジョーンズがこれを聞きつけて大騒ぎになりましてね、あの子の口をシャボンで洗ったわ。あたくしどもは知らなかったけど、その後あの子は言葉を慎むようになった。実際、その日を境に、お喋りじゃなくなりましたよ、アリン・スィウェリンは。

好演ボウエン。**あら、アイヴィ、あなた韻を踏んだのね。**
これまであたくしの名前でやった方はいませんことよ、
ひとりもよ。ええ、とっても順調よ。がんばらなくちゃ、
さもないとあの女に勝てないもの。

ミスター・デイヴィッドは小ライブラリーの係でした。
よくコーヒーを運んでさしあげましてね、お皿にビスケットを
のせて　貯蔵室から　それともキッチンから
だったか　あの人は
ウェールズ語でお喋りしてくれた、他の召使いとはめったに
使わない言葉。　あの人の奥さんは
あたくしがお屋敷にあがるより前に亡くなっていて、それからは
妹さんの家で過ごすことが多くなっていた。
あの人はよくウェールズ語の本を
読んでいた　あの小ライブラリーは

心の和《なご》む場所でしたね
時々あたくしとお喋りするのを楽しみにしてくれて、
あたくしにウェールズ人としての誇りを持たせてくれました
他の使用人たちときたらみんな
イギリス人の猿真似ばかりして、キッチンでウェールズ語を
喋るなんてまずありませんでしたもの
出納担当の男はウェールズ語をたいそう嫌っていて、あたくしどもが
使おうものなら、口汚くののしったり手を上げたりするんですからね。

あたくしどもがいただいてもよろしゅうございますか
うれしゅうございます
そちらのほうは
これまで
のちほど
どなたもお見えには
ご出世あそばされると

感無量でございます、何せ初めて

ハマースミス駅の向こうにあった〈ライアンズ〉。戦時中に
よくお茶を飲みにまいりました、料理はどれも
五シリングしませんの。戦時中ならではですわね
本当に！　イギリス人経営のレストランや
〈フラー商店〉の食堂よりおいしゅうございました。でも〈フラー商店〉では
戦争中でも、結婚する社員にはウェディング・ケーキを
お祝いにくれましてね。そのことをあの人に話すと、
そんな闇のウェディングケーキのために、
家庭に縛られるのはごめんだって言うんです。
今のままで幸せじゃないか、そうあの人は言ったけど、そうでしょうかね？

この人何がほしいのかしら、

不潔なお爺さんね、年中お尻をかいているんだから。

糊？　はい、どうぞ。　アイヴィの分もどうぞ、
わざわざ身を乗り出して
痛い思いをしなくてすむでしょ。　お加減は
いかが？

そうでなくちゃね。

いったいいくつ作らせるつもりなのかしら？
次から次へと。　そのうちアイヴィが
頃合いを見計らって言ってくれるわね、何せ
まとめ役なんだから

やっと終わった
いいチームワークだったわよね。指を
使い過ぎて痛くなっちゃった。一日分よりたくさんできて

ほっとした。気分が違うわ。

ロンよりもよけいに仕事をしたんだわね、四つか五つ多いもの、
許してあげましょうかね、みなさんも。あたくしは優等生。
どうぞ、あたくしの分よ、アイヴィ、やれやれですわね！　　　はい、
はい、きちんと箱にしまいましょう、
クリスマス用のクラッカーを。
どうしていろんな色の紙でやらせてくれないのかしら？
この赤、見飽きたわ、腐ってるみたいな色。

いえ、決して　　　　　　そんな

こっちへ来る。仕事ぶりをほめてくれるといいのだけれど。

出来は悪くないですわよね、寮母さん？

ロンは馬鹿だ。

何はともあれ、あの女よりはまし――

あらら――ミセス・リッジったら、ひとつも出来ていないじゃない！
どうやればあんなふうにずるけられるのかしら？

もうへとへと。あの人の監視の目がそれたら
すぐにひと眠りしよう。

小包ゲーム。

子供のころよくやりましたよ。たいていはなかにお菓子が
入っているんですよ。お菓子の入ったちっちゃな箱を、
ぐるぐるぐるぐる、何重にも包んであって、
ひもでくくって、べとべとした茶色い紙が貼ってある。

いつだってなかを見てがっかりするのだけど、でも
そのほうがおもしろいし、当たらなかった人だって
たいしたものじゃなかったってわかれば
がっかり気分もやわらぎますからね。

あら、次はあたし。

小包ってわくわくする。ジョージに渡すのね。
すごい、彼が動いた。セーラに渡したわ！
きっと具合が良くなっているんだわね、ジョージさん。ひょっとして、
次は口をきくかもしれないわ。そうしたら
奇跡よね！

あの人放さないつもりね、ミセス・リッジがずるをしないなんて
思うのは大間違い、

あ、音楽が

止まった、ロンが小包を開ける人。
何が入っているのかな？
えっ？　全然よくないじゃない！　なんてひどいことするのかしら
ロンがかわいそう、お気の毒よ、お尻が
あんなだっていうのに。まったくひどいわよ。
あの出納係の男はひどいやつだった、
最低の男。それに悪党でしたよ。あの男はほとんど文無しで
あそこに出入りし始め、死んだときには
二万ポンドも蓄《たくわ》えがあったんですからね。どうやってそれを手にしたかは、
話せば長くなる。あいつはお嬢様たちをたぶらかして、
ありもしない地所がらみの業務をでっち上げた。
それで、当然のこと、預った金を懐に入れたんですよ。
ある日メアリーお嬢様が居室にあたくしを呼びつけて、
この男の居どころをお尋ねになった。
バーミンガムに出かけております、とあたくしは言った。石炭の
代金を払うなら、郵便を使えばすむのにね、
とお嬢様がおっしゃった、小切手で渡したんだとか。

あの男が金を誤魔化していて、それを持っていってしまったと
この時お気づきになったんでしょうね。それまで一度だって、
あの男を悪く言うことはありませんでした、あれがひどい悪党だと
あの日気づかれたんですよ、しかし時すでに遅し、お嬢様は――
歩けですって、いやだわ、どういうつもりなの

ま、いいか、時間つぶしになるものね。
誰が押してくれるのかしら?

まあ、チャーリー

それはご親切に。ゆっくり一周
しましょうよ。でもあなたのほうは
だいじょうぶ?

退職するとき、出納係は自室にあった書類を
焚き火にくべたんですよ、三日も
かけてね。あの男ったらその後自宅を新築しましてね。そのからくりは
あたくしにはさっぱりだけど、お屋敷のお金だったんでしょうね。
だいたい給料取りの男に二万ポンドも貯められるはずがないですよ、
そうでしょ？　家族はもちろんそれに気づき、
メアリー様にご注進に及んだけれど、
あの男の悪口はがんとして受け付けてくださらなかった。お屋敷から
電線まで自宅に引き込んで、畑をはさんで一マイルもあるのに、
明かりはちゃっかりただ取り。たしかに仕事はよくやってました、

それは認めるにしても、それだって自分に見返りがあったからじゃありませんか。とはいえこれといった不正の証拠があるわけでなし、どうすることもできませんでしたよ。あたくしたち使用人を生かすも殺すもあの男次第、こちらをやめさせることなんてわけないですからね。あの男の不利になるような証拠を出そうなんて思ったことはありません、あたくしはよくしてもらっていたから——**あら、ちっとも、チャーリー、ぜんぜんへっちゃらよ。**

リールに住んでいる彼のいとこと避暑地の遊歩道でばったり出くわしたのは、あの少し後のことでした、元気そうで、羽振りもよさそうだった。彼女なら当然でしょうね。

最後までがんばっているのはあたくしたちだけね。
他の人たちは降参している――騎馬戦、あら、いいじゃない、前回は
あたくしが優勝しましたのよ、ぼんやりロンを出し抜いて、とはいえあの人あそこで
辛そうにしているわね。**ちょっと押さえててね、**
チャーリー。　腰を上げて、体勢を整えてと。
これでよし、戸棚を伝って隅っこまで
行くわよ。**そう、あたくし**
もちろんだわよ、チャーリー。
モップを持ってと。**今度は何に漬けておいたのかしら？**
あなたが混ぜてたものみたいな臭いがするわ、チャーリー。
わくわくするわね、チャーリー。
しっかりモップを摑んでいよう。さて、どのあたりを攻めて
やりましょうか？
ドン！
チャーリーは押すのが上手ね。
ジョージがモップを落とした、顔面を直撃！
一本取った、とってもうれしい。

さあ、

もう一回。また勝てそうよ。ジョージは望み薄ね。

今度は胸に狙いをさだめて、よしっ、ばしっ！　今度は肩！

なかなか手堅い一撃、あっちは水を飛び散らすことも出来ないのね。

うまいでしょ、え？

これで最後。次はお腹を狙ってやろう

さあ行くぞ。

慎重に、慎重に。

一本！

勝者ミセス・ボウエン、って

言ってくれればいいのに。これで二連勝よ、チャンピオンなんですからね、

生まれてこの方、優勝なんて一度もなかった、でも

ここではチャンピオンよ。

あ、

やだ

まただ

気が遠くなる

じきに
なおるわ
しばらく
すこし
経てば　じきに　よく
なる　わ。

メアリー様はあたくしにもいくらかやるようにと遺言を残してくださった。皆様そんなふうにいい方たちでした。たいした額ではなかったですけどね。どれだけ長くお屋敷に仕えている使用人でも退職手当をいただくなんてこれまでなかったことですもの。お嬢様たちは、

なのに遺言としていくばくかのお金を残してくださったんですから。　これで
ずいぶん慰められましたよ。
今はたいして使い道もない、誰かが外出するときに
ギネスを買ってきてくれると
いいんだけど。　お屋敷の
パンは自家製ですからね、あたくしたちが一日おきに焼いたんですのよ。でもビールは
御《ご》法度《はっと》、厳格な絶対禁酒主義のご一家なもんですから。礼拝堂も教会も
ありませんのに、それでも禁酒にはうるさかった。
庭師たちが夕食にエールを飲んでいるのは公然の秘密、
お屋敷に酒を持ち込む者に
災いあれ！　あたくしも一度規則を破りましてね、
それはもう後ろめたいのなんの。あのときは落ち込んでいて、
〈ベア〉でジンの小瓶を一本買い込んだんです。当然のこと
いちばん安全なのは屋根裏の自分の小さな部屋だということで、
あ、そんなに小さくはなくって、ほどよい広さでしたよ、
それはともかく、部屋に瓶がある間じゅう、
自分が犯罪者になった気分でしたね。　あたくしの小さな

お部屋。洗面台には何の変哲もない緑色の水差しと
洗面器がのっておりました、窓はとっても大きくて、そこから
芝生の庭が見下ろせて、橋の向こうには
養兎場が見えましたですね。あの部屋にいると幸せな気分になれました、
辛いことばかりじゃなかったんですよ。たいていは一人で
部屋を使わせていただいた、仲間が、つまり使用人が
ふえないかぎりはですけど。
　　　　　　　　　　　　ベッドがあって、
窓の横には古い安楽椅子がありましてね、背当ての部分が高くて
頭を持たせかける出っ張りもついている年代物、
エールウェンお嬢様がお描きになった絵もあった、床は
茶色のリノリューム。申し分ない暮らし——ううん、女中働きの身は
ずっといやでしたけど。
今だからこそそんなふうに思うんでしょうかね
　　　　　　　　　　　　快適だったって
　　　　　　　　　　　　　ライラック模様の
カーテン、ベッドの下には花模様のおまる、
でも洋服のしまい場所は窓のカーテンの陰。

今もあのままかしら、お屋敷はまだあるわよね、
そうよきっと、でもたぶん高級ホテルか何かに
なっていたりして、さもなければ地所は売り払われて
何軒も家が建ち並んでいるのかも、美しい木々も
みんな切り倒されて。　　　　　何もかも変わっていく、
いい方向に変わるものなんてないんだわ。
　　　　　　　　　　　　　　　　　ひとりで本でも
読むつもりだったけど、やめておこう、ほらアイヴィが
きつく叱られている。　　　　　　　　　それにしても
こんなけがらわしいものはもう見る気がしない、どうしてあの人、
あたくしたちの邪魔ばかりするの？　どうしてあの人には、自分が
あたくしたちの闘争心を煽《あお》っているということがわからないのかしら？
　　　　　　　　　夏には作業小屋によく通ったものでした。
あそこには独身の庭師たちが暮らしていたんです、塀《へい》で囲った
庭と温室の隣。
お嬢様たちのために、無花果《いちじく》とか桃とか、
それはいろいろなものを育てていると、

教えてくれた。

ボイラー室があって、石炭を落とす滑り台がついていた、小屋の地下には冬が長いですからね。今でもはっきり覚えているのに、どうして昨日のことは覚えていないのかしら？

友達からよく言われましたっけ、あなたは発展家ねって、それは男の人の目をまともに見るからなんですよ。そんな内気なところは、あいにく持ち合わせてないわ、だってそのために男にも女にも目がついているんじゃないのって、そう言ってやりましたよ。こっちの言う意味がわかったんでしょうね、みんなくすくす笑っていたわ。

ウサギはそこらじゅうにいて、川では鱒《ます》も捕れたから、煮て食べますの、お嬢様たちは、このことを知っても、あの辺のどこかの地主みたいに怒ったりはなさらなかった。

どうして鱒がすごい御馳走に思えたのかしら、あたくしくらいのべつまくなしあの魚を食べた人なら誰だって、とれたての鰊《にしん》のほうが好きなんじゃないかしら。

お話を聞かなくちゃ！

いや、どうでもいいわね。

ジョージ・ヘドベリー

年齢	八十九
結婚歴	なし
視覚	一〇%
聴覚	一五%
触覚	二五%
味覚	二〇%
嗅覚	一〇%
運動機能	一五%
CQ値	二
医学的所見	拘縮、失禁あり、栄養失調による衰弱、慢性関節リウマチ、パジェット病、重度老人性鬱病、筋萎縮症、結合組織炎、間欠性腎不全、その他多数

ラあム

ソおス

ずるい

みんな

だから

なんで？

当然

えっ！

がっこ

ローマ執政官

調子はどうかね、そこの

ピンクの

つっぱる

コックスのオレンジ

ぴんぽん！

未来の薄闇何するものぞ
このままがまんして歌いましょう。

お仕事！　お仕事

パーティ、あああ

ちりめんがみ、ちりめる

ちりめろ　ちりめる

ちり

ちりめる

ちりめる？

ちりめる！

ちりめるんだね、はい

のりづけ

わたしに？

え？

ちりめる

のり

まるめる

これが菓子かね？

グラス

ぺっ、ぺっ、ぺっ

たぶん、あは

トルバン、トルバンか

封じる

床《フロア》

混ぜて

充満

えーと、ほら、あの

続く

いくつか

お供

うんざり

では

先っちょに

なかに

ほんと

あるでしょ

243　ジョージ・ヘドベリー /5

でしょ

でしょ

じゃあ

とにかく

がんばる

わたしの

わたしの

耳障り

それは

そっち

じっと

わたしの

名前だ　ええっ！　怒ってる、

この人　もう結構！　肉もグレーヴィーもいりません

だから？　おや。　それは　いやはや、はてわたしは

何をしていたんだ？　女が行く

そっち

そっち

メチャクチャ、**はい**　　　　でもこの人ぜんぜん　　　　　　ちっとも
　　　　　　　　こわくない

生意気

体がよくなったら

小包

来た

はい、おとなり

どうした?

まったく

三の六九の六一五

名前

それ

動いた

動いてる！

部屋じゅうが回ってる！

？

動いてる

止まった

よかった

これは何だ？

突く

動いた

この

棒っきれ

おおおおお！

びしょびしょ

なんだ？

くさい

モップ　　これ　モップ　じゃない

なに？

うわああ！

肩が！

いまいましい

うわあああああああああ！

はい、ご勝手に

ロゼッタ・スタントン

年齢　九十四
結婚歴　不明
視覚　五%
聴覚　一〇%?
触覚　五%
味覚　一五%
嗅覚　二〇%
運動機能　五%
CQ値　〇
医学的所見　他と共通の全症状あり、以下、主な諸症状。気管支肺炎初期、アテローム性動脈硬化による認知症、先天性の知的障害者の可能性あり、片麻痺（バビンスキー反射陰性）

僥倖

能はざる

士師

恩寵をもた

尋常

名にし負ふ

眞の

機智縱横

無病息災

寛容

いと高き

力溢るる

熱情をもって

勇氣凜々

礎

種

典雅

御意

絢爛豪華

無垢なる

幾許

選良

純な

能辯

恩寵充ち満ちて

最上なる

活きいきと

赫々たる

閃光を發し

林檎

軍勢

一塊

讃ふべき

後繼

奮然と

階

繪畫

未婚の

嫩き

怒髪

榮光

日輪

子孫

謹嚴實直！

眩しき

飾り立て

起きよ

全身全靈

愉悦

甚し

優しき

肋骨

勇者

かてて加へて

紅顔の

種子

結實

輝ける天

天つ日

鷲

規範

こ　わ　い

ア　イ　ヴ　ィ

わ　か　る　ぜ　ん　ぶ

こ　と　ば

じぶんで　どうにも

できない　こわい　うごくの　くるしい
やめて　しんじゃう

だめ　かるく
なん　て
な　れない　アイ　ヴィ
も　う　な
ん
に　も
ぜっ　た
い
た　べ

ない
わ
もう
ぜったい

寮母

年齢　四十二
結婚歴　離婚
視覚　八五%
聴覚　九〇%
触覚　一〇〇%
味覚　四〇%
嗅覚　九五%
運動機能　一〇〇%
CQ値　一〇
医学的所見　軽度の淋病、流行性感冒初期症状、雲脂《ふけ》症、寛解状態の悪性脳腫瘍

みなさんに食事を与え、お友達になってさしあげる。これで何が不足でしょう？
どうすれば十分なの？　なかには
肉とパンの区別もつかない方だって——いえ、そう言ったからといって、
肉を出さないわけじゃないですからね。バランスのとれた
食事はお年寄りの健康には不可欠だもの。それはわかってます。
彼らに何が最善かは把握していますから。ベテランの寮母ですからね。
バーゼルにある施設のホルスタイン女史のもとで経験を積んだのか
ですって？　ああ！　お天気のいい日にモロン川の岸辺を一緒に散歩したり
腰をおろしたり、実に立派な、おやさしい方だった。
ええ、自分が何を喋っているかくらいわかってますとも、食事その他諸々、
効率的運営についてでしたわね
きちんとした……**いけません！　お肉はそれ以上食べちゃダメなの、**
まったく食いしん坊で意地汚いくそ婆あなんだから！　おっと、口がすべった。
あのお婆さんの考えていたことは何かって？　それはお見通し——ロンの肉を

狙っていたのよ、ロンは少食だから、やめさせるにはお仕置が一番――だめ！
ミセス・リッジ、泥棒さんはツネゴンに三回つねられます、一、二、三回！
よし！　これで骨身にしみたでしょ、ミセス・リッジ！
扱いは子供と同じですよ、子供みたいなものでしょ？
　　　　　第二の幼児期じゃありませんか、でしょ？
　　　　　　　　　　あ、自分を正当化しちゃ
いけないわね！　何も心理学まで持ち出してやっている
わけじゃない、そんなご大層なものじゃない。自己欺瞞はだめ、欺瞞は
犯罪ではないにしても、罪ですもの。

さあみなさん、よい子たちを見習って食べきってしまいましょう。そのあと
週に一度の楽しい親睦《しんぼく》の夕べがありますよ。

　　　　　　　　　　身ぎれいな人が多いでしょ、
みなさんそれなりの努力をしているんです、きれいでいたい、きれいになりたいって。
言葉は選んで使うようにしています。おひげのあるあのスタントンさんだって、
彼女なりにね。　**さあ、急いでください！**　　ほらほら、さっさとやってよね。

夢のなかですよ、たいていの人は。何年も前のことはじつによく憶えているけど、着替えようとか着替えを頼もうとかいった目先のことはさっぱり忘れている。みなさん過去を大事にしていて、考えるのは過去のことばかり、なのにどうして、今までいた収容施設の扱いとは違うものを求めるのかしら?
そうよね、なるほどね、少なくとも現代的な暮らしのほうがいいし、古き良き施設に戻る気はないはず、
そうおっしゃりたいのね!

あらやだ、とんでもない!
かえって快適に暮らせないとでも?
ここは

慈善団体が運営する施設ですし、そう称していますけど、
そんじょそこらの施設とは大違い、うちの
ラルフィーが野良犬と一緒にされたら

迷惑なのと同じこと。

静かに
さあ! お片づけいたしましょう!
やってね、ここは楽団のリハーサル室でも作業小屋でもないんですから!

自分のやるべきこと、わかっていますね？　静かにですよ！

紙皿を使っているので

とりあえず皿洗いは雇わずにすんでますの。

あそこに放り込んでおくだけ、後は豚の飼料として売るんです。あの

がめついベリーからもっとしぼり取れるかどうか考えなくちゃ、ふん、

あっちには何だかんだといい思いをさせてあげているんだもの、

別のことでもね。あいつの豚には上等の飼料を提供しているんだ、

紙皿だって喜んで食べてもらわなくちゃ。豚は

何でも食べるって話ですからね。とにかく文句も言わず、

栄養満点の――わっ、なんてことを……汚い！

こんなに汚して、落としちゃったのね！

ラルフィーに食べさせようとしたんじゃないの？　言っときますけど、

ラルフィーはあんたの食べ残しなんて、またいで通るわ！　あの子には

上等のドッグミートをあげているんだから、一日二缶、こんな大きい缶の

をね。　おいで、ラルフィーちゃん、あいつらが

おまえを残飯でつろうとしたのかい、そうなの？　こんなに筋肉が
よち、よち　ヒクヒクしてる、ひどく緊張しているんだわ。　これで
五回目！　かわいそうな子！
ミセス・ボウエン、ものを落としたり
するのは、これっきりにしたいわね、いいこと？
さあ続けましょ！　お片づけがビリになる人は弱虫ですからね！　もう一度
上と掛け合って手伝いを置いてもらわないと。臨時雇いの調理係だけじゃ
ここの運営はお手上げだわ。あの女の病気だか宿酔《ふつかよい》だかの
欠勤の穴埋めで、こっちが料理するなんて冗談じゃない。
助手をつけてもらおう、ぜひそうしてもらわなくちゃ。
よろしい、
食べ散らかしたものはちゃんと片づけましたね、それでは
老人賛歌を歌う時間です。　賛美歌のほうじゃ
ありませんよ。
じゃあ、
用意はいいかな？　声をそろえて、元気良く

バルコニーのほうまで聞こえるように、いち、

に、

さん！

生きる喜びゆるぎなく
老いて勝手に、どこまでも
出来ることなら朗《ほが》らかなままで
日々を明るく迎えなさい
過去も未来も憂えずに
大切なのは自由な心
生きる喜びゆるぎなく
老いて勝手に、どこまでも

大事なことは
生きてきちんと巻き上げること
未来の薄闇何するものぞ
自分を信じて、突き進むだけ

我は全知にして、不幸をもたらす
おお、幸運なる我はここにあり！
大事なことは
とことんがっぽり巻き上げること！

ああ、スッキリした！

さあ、お仕事の時間です、みなさん、働きましょう、遊ぶのはその後、後まわし。
一日一善、お仕事しましょう。

アイヴィ、
例の箱を持ってきてくださいな。今夜もまた、パーティ用品作りですよ、
いいですね、ただしセーラとチャーリーには
別のお仕事をしてもらいます、とっても大事なお仕事を
頼まれたんです。それから、パーティ用品の妖精さんが
昨日の仕上がりをあまり喜んでいませんでした、
とてもがっかりです——みなさんにがっかりしたんじゃありませんよ、みなさんが褒めて

もらえなくてがっかりしたのです。だから今夜はもう少し
慎重に作りましょうね？　全部の指を
糊《のり》だらけにしないで、使う指だけに
つけます、いいですね？　アイヴィ、道具をこっちにくださいな。
　　　　　　いいですか、やり方はとても簡単です。この
小さな木でできた紙巻き器《ローラー》の幅にあわせて、縮緬紙をちょきんと切る
だけ、　　　　　　まず、こうして
　　　　　巻きつけますよ　　それから縁全体に
慎重に糊を塗ります——いいですね、すごく慎重にですよ、
慎重に塗ることが肝心。　　　　　糊は
多過ぎてはいけません、ほんの少し、一方の縁にさっと塗る程度ですよ。
　　　　みなさん、わかりましたね？
ではささやかな一日一善を実行することにいたしましょう、でもどうせなら
上手にやりましょうね。　　　　　　アイヴィ、
道具をみんなに配ってくださいな。

セーラとチャーリー、
チャーリー、あなたにやってもらいたいことはね、今夜は特別な仕事をお願いするわ。
二人はわたしの右腕ですからね、
こっちの瓶の中身を四分の一だけそっちの空瓶に
移してもらうこと、そうやってどの瓶にも
四分の三ずつ中身が入っているようにしてもらいたいの、
それで全部の中身が四分の三ずつになったら、
今度は、全部の瓶に口いっぱいまでお水を
足してください。わかった？
でも気を付けてね、ラベルにしずくを垂らして
汚したりしちゃだめ、頼りにしていますからね、チャーリー。
ええ、もちろんだわよ、
その調子で頼むわね、チャーリー。
じゃあセーラの番ね、
あなたのお仕事も似たようなものだけど、すっかり同じというわけじゃないの。
こっちに小さな瓶がいっぱいあるでしょ？　これのラベルを

水でふやかしてはがして、すっかりきれいな瓶に
してほしいの。
　　　　ううん、はがしたラベルは必要ないから、
　　　　だから好きなやり方ではがしてくれて
いいのよ、破ってもいいし、爪でこすり落としてもいいし、え？
　　　　　　　　　　　　　　　　　　　　それがいいわね、
洗い場にあるナイフをお使いなさい。
みなさん楽しくやってますか？
　　　　　　　　　　　　　　　　　　アイヴィ、みんなに糊が
行き渡っているか確認してね。
　　　　順調ですか、みなさん？
　　　では わたしもお仕事いたしましょう、舞台の上で
お仕事の続きをしてますね。
お喋りしながらでもいいけど、あまり大声を上げるのは
やめましょうね、いい？
　　　　　　　　　　　　　　　　　　　　　では、がんばってね
　　　　　　　　　　わたしの子供たち。この演壇から

すべてを睥睨するわたしは独裁君主。ここは我が王国。
誇張でも何でもないのよ。彼らの暮らしはわたしあってこそだもの、
時々ここに配属されるわたしの下働きですら
彼らには頼みの綱。みんな、わたしの言いなり、
これは絶対確実ね。彼らだってそのことは百も承知。みんな
わたしの歓心を買おうと先を争う。これが特に露わになるのが
朝と夜のお薬の時間。週に一度の検診日には
優しい担当医とわたしのどちらに取り入ろうかで、
彼らはジレンマに陥るのよ。週に一度
医者に目をかけてもらうほうがいいのか、
はたまたほぼ毎日、週に一度よりは多く
寵愛を得られるわたしを選ぶべきか、
彼らはそれを決めかねているの。
　　　　　　まったく、おかしな話よね！
だってわたしが好きなのはラルフィーだけ、ラルフィーが命なんだもの！
どこ行っちゃったのかしら、ラルフィー？
ラルフ、こっちへおいで！
　　　　　　　　　　　　　　　　　　　　　あらあらこんなに汚して、

あの耄碌婆《もうろく》さんのスタントンがこぼしたものを舐めたんだね！　ただの水ならいいんだけど！　これはたぶん夕食のグレーヴィー・ソースね。よし、よし、ラルフィー、いい子だ、毛並みのきれいな愛しい子。

もちろん、どの人も年じゅう愚痴ばかりこぼしていますよ。愚痴は彼らが包み隠しのない感情を吐露する数少ない方便ですからね。精神衛生上いいのは言うまでもない。みんなの愚痴はしっかり聞いてあげるんです。それで何かしてあげるかといえばいっさいいたしません。ここの生活に本当に不満があるわけじゃないんですもの。ここに引き取られてこなかったら、もっと惨めでしたよ。低体温になったり、転んだり、介護を手抜きされたりで危険がいっぱいですからね。でも愚痴をこぼすのがいちばんだというなら、わたしが心配することでもない。これもわたしの気をひく手段というわけ。みんなの前でわたしがラルフィーを可愛がるのも、そうすればいい刺激を与え続けられるからなの。それで欲求不満に陥れば、不満を持ち続けるいい口実になる。不満を取り上げてしまったら、どうかなってしまうんじゃないかしら？　あら、五年間勉強を怠るとか、ホルスタイン女史の不肖の弟子としてあたら時間を無駄にしたなんてことは、断じてございませんからね！　気鬱の種を提供してやれば、昔にくらべて動作が鈍くなったとか、声の通りが悪くなったとか、忘れっぽくなったとか、物事を混同してしまうとか、そんなことでくよくよ悩まずにすむじゃありませんか。それと娯楽の機会もこしらえてあげてますしね。救世軍が月に何度か寄付を頼みに来るんです。みんな喜んで募金に協力していますわ、これだってお気に入りの娯楽なんです。一度のぞいてごらんになるといいですよ。年に一度、評議会主催の『古き良き時代の夕べ』というのもやっています、ちょっと手の空く時期ということもありましてね。いやはや、役員たちには調子っぱずれのメリーゴーラウンドに乗っている気分でしょうね！　それと学校の生徒さんたちの聖歌隊も時々。それと

テレビだってあるし、映ればの話だけど――それで思い出した、
また修理を頼まなくちゃ、かれこれ二か月に
なるわね。その代わりに、みなさんにはちょっとした手仕事を
してもらっているんです。工作をね、先月はフェルトの玩具でした。
で、今月は季節柄、クリスマス用のクラッカー。
そこそこ上手にやっていますよ。もちろん、
ミセス・スタントンやジョージに多くを
期待してはいませんけど。でも大事なのは、
とりあえずやることがあるという状態なんです、それだって
目を覚ましているか、あるいは作業できるというのが
前提ですけど。これがじつに大事だというのが、我々の一致した意見です。
どんな本を読むのも認められています。　　　ミセス・スタントンは
もってあと三週間くらい、ジョージはいつぽっくり逝《い》っても
おかしくない。　　　　　**おいで、ラルフィー!**
さて、わたしも仕事に戻らないと。
　　　　　　決算報告書をまとめている間、
わたしの足下にのんびり寝そべっててね。

これは慎重にやらないとね、名前もない、イニシャルもない、
何せ実在しない人間を扱うんだもの。

　　　フレデリック、姓はいらないわね。帳簿をつける
必要があるのかって？　ええ、自分のための覚え書きです。
じゃあフレデリック、フェルト玩具を詰めた箱が三百五十箱あると、
いくらになるかしら、一箱五ペンスだから、百箱で
五百ペンス、つまり五ポンド、
これを三・五倍すると十七と半ポンド、
つまり十七ポンド五十ペンス。　　　ということは、　　　これだけ
彼に貸しがあるということ。今度はいつまわってくるだろう？
わからない。その程度のいい加減な商売だってこと。きっと消費税を
たっぷり誤魔化しているはず。所得税も。
まず間違いない。
それとペニシリンもあった。あれだけの量をこなしたんだもの
かなりの額になる。二十ポンド。きっと海外で売りさばく気ね、

何とかいう別製剤として。でも
わたしには関係ない、わたしの心配することじゃない。
わたしの仕事はお仲間一同の幸福維持、ついでに
お金が稼げたら、なおのこといい。
異議がおありかしら？　あらま、またもや自己正当化の出番だろう
だなんて思わないでくださいね！
プラスチックの灰皿が十七個、きっちり一ポンド、
これはもうかるのよね。　　　　　　　　　　　　この商売では
直接交渉がいちばん。新聞に広告を出すだけでは
不十分。仕事をもらえそうなところに、たくさん、
そりゃあもうたくさんの手紙を出さないと
ならないんだから。下請仕事をうちに頼めばどんなふうに得か
そこをきちんと売り込まないとならない。これだと
——あらら、チャーリーったら、あなたが
うつろな表情を浮かべているときの心の内はお見通し、
何らかの哲学的難題にぶつかっているか、
あるいは瓶に水を足すのに往生しているか、

でなければセーラや他の仲間に気づかれないように
音無しのおならを出そうとしているのよね。チャーリーったら。
ラルフィーのおかげで足があったかい。
たぶんあなたには理解できないでしょうけど、
ここのご老人たちが実際に望んでいるものは、わたしたち一般人がこれだと
考えているものとは違うんですよ。わたしにだって、
あの人たちが何を望んでいるのかなんてわからない。でもね、
彼らが別世界の住人だってことはわかっている、
その伝でいけば、彼らの望みはわたしたちのそれとは
別物だってことでしょ。
他人様が本当は何を
望んでいるかなんて、どうしてわかるんです？
おまけに
何せ時間の観念がめちゃくちゃなんだもの、時々刻々と、
それこそ分刻みで気分が
変わってしまうんですから！　わたしだって八つのとき、バレエに出てくる妖精に
なりたかったもの、おほほほ！　えへへへ！　あははは！　へっ！
へっ！　へっ！　いつもいつも規則にがんじがらめなんだから、

たまには大笑いしてガス抜きだってしなくちゃね
あらま、ついつい自分のことを。　　　どこまで話したかしら？
そうだ、支部から言われたんですよ、一週間ほど
海辺の施設の人と仕事を交換して
みないかって。こう言ってやったわ、そんなことしたら
ここでお世話している人たちが、もっとおかしくなるって
思わないんですか、ってね。それと（口に出して言った
わけじゃないけど）その週にこなさなきゃならない
文具類の内職を引き受けていたものだから。それで思い出した、鉛筆と定規の
セットはどれくらいの数だった
かしら？　調べてみよう。

　　　ふむ、二百三十セットね、今度あの人が来たら
言ってやらなくちゃ、すぐにもね。転ばぬ先の杖って
言うものね。出納簿をつける意味もそこにあるの。
こっちが言わない限り、あっちが憶えていることは
まずないんだから、これ幸いとばかりにね。

欲得ずくでやってるなんて思わないでくださいね。みなさんの年金は評議会がまず全額受け取って、そこからお小遣いとして一ポンドずつ渡してます。

それだって多過ぎますよ、わたしに言わせればね。そんなにたくさん小遣いを持つ必要がないんだもの。いえ、そうじゃないの、それを取り上げようなんてとんでもない、ここでは一杯ひっかけるなんてチャンスはないんだから。

あら、チャーリーがそろそろね。もうじきコルクのことを訊いてくるわよ。

ちょっと行ってみるわ。

他の人たちもそろそろ終わらせてもいい頃合いね。

さあ、みなさん。そろそろおしまいにしましょう。よくがんばりましたね、これで楽しい時間を過ごす資格ができました。

でもまずはお片づけをしましょう、いいですね？

アイヴィ、みんなの箱を集めて

ください な。　　　　　さて、王座から降りるとしますか。
栓をお願いするわ、チャーリー。ほらね、訊いてきた。口いっぱいまで入っていた
瓶のコルクがあったでしょ？
　　　　　　　　　　　　　　　　上出来よ。足りない分は
こっちにありますからだいじょうぶ。それが済んだら、悪いけど、
部屋の隅に箱を積み上げてくれるかしら、お願いね。
ラルフィー！　そこから離れなさい！　ご気分はどうかしら、
ミセス・スタントン？　まだくたばりそうもないわね。それで
仕事は一切しないときたもんだ。　ジョージ、ずっとぼんやり夢心地
だったようね！　しかも紙をぐちゃぐちゃにして、
そこらじゅう糊だらけじゃないの！
ああ、やだやだ！　　　　まあ、
期待するほうが悪いのね。
ご気分はいかが、ミセス・ボウエン？　アイヴィとロンと一緒に
お仕事したんでしょ？　それにとっても上手だこと。

みんなで協力してたくさんこしらえたのね。
ええ本当に。　　食いしん坊のミセス・リッジはどうかしら、
ひとつも作ってないじゃないの！　　そうやって生意気な態度を
とるなら、またツネゴンに来てもらいますからね、ツネゴン！
ほら、来た！

ありがとう、セーラ、ほんと頼りになるわ、じつに見事に
やってくれたのね！　あなたには感謝しているのよ、本当にとっても。
もちろん、チャーリー、あなたにもよ。

では、体をちょっとほぐしましょう。みなさん、こっちを
向いてください！　　席はそのままでいいですよ、
この長いテーブルの周りに坐ってますね、これからやるのは
小包ゲームです。この小包をお隣へ順ぐりに渡してください、
音楽が止まったとき、小包を持っている人に
開ける資格があります。でも再び音楽がスタート
したら、開けるのをやめてお隣に渡さないといけません。これを繰り返します。
最後に小包を受け取った勝者には、開けてびっくり玉手箱

すてきな賞品が当たりますよ！　では、始めましょう。セーラ、音楽が鳴ったら
あなたからまわしていってね。　音楽、スタート！

これでよし。

ミセス・リッジのところで

止めてやれ。

はい、もう一度スタート。

セーラのところで止まった。彼女にご褒美を

あげてもいいわね、よくやってくれたんだし、ちょっとはどきどきさせて

あげてもいい。はい、もう一度。

あらら、だからあなたたちって憎めないのよね！

お隣に渡しなさい、ミセス・リッジ！　音楽が鳴ってるあいだは……

そうでしょうとも。

音楽ストップ。

さて、誰が優勝かしら？　あら、ロン！　ロンが幸運な勝者です！

ピンポーン、初勝利よね。賞品はウンチでした！

さて、誰のウンチでしょう？　さあ考えてください！　じゃあ正解の歌を歌ってあげましょう。

小包まわそう、小包まわそう、
出てきたものは、ラルフィーのウンチ！


なんてひどいことを！と思ってらっしゃるんでしょうね、わたしだって同感ですよ。でもね、よく考えてみてほしいの、何故わざわざみんなにいやな思いをさせるのかってことを。不快感を与えることで、自分自身にうんざりしたりしなくてすむんですよ。こっちがみんなの不快の種になってあげれば、自分のいやな部分を他人事にすり替えられるでしょ、自分以外のものにその感情をぶつけられるじゃありませんか。有益無害この上なし。神を信じる人もなかにはいますからね。その人たちがもし肛門括約筋のゆるんでしまったことで、その不快感を神にぶつけたとしたら、どうなります？

もちろん単なるたとえ話ですけどね、でもそうなったら当然、神というのはそうした失態を人間に演じさせるような

最低なやつだと考えてしまうじゃないですか。　それよりも、
犬のウンチにさわって、くさい思いをして、おおいやだって言っているほうが
ずっとましですよ！　違うかしら？
はい、みなさん！　よく聞いてください！　これでゲームは
おしまいです、つぎはお待ちかね、トラベル・タイム。　運動なんて
表現より、ずっと気が利いているでしょ、
そう思いません？　**トラベル・タイムですよ。長年ご愛用の**
体じゅうの骨が抗議の声をあげているのは知っています、でもね、体にいいこと
なんですよ。歩ける人は、車椅子に乗った人を
押してあげてください、車椅子の人は、ぐるぐる移動している間に、
自分の動かせる部分をすべて動かすようにね。　はい、始め！

もっと劣悪な環境の、ひどいところもあるんですよ。
以前、高齢者病棟にいたこともあるけど、おしっこやら
自慰で撒き散らすザーメンやらの臭いも、壊疽《えそ》にかかった手足
の悪臭のおかげで、ずっとましに思えちゃうようなところ。意識の
混濁した患者なんかお互いのゲロを食べてしまうんだから。患者がアソコを

ご不浄に撒く消臭噴霧器でシュッてやられているのを見たこともある。もっとひどい施設になると、この手の人たちを精神科病棟や療養所に送り込んでしまうの。ぼけていない場合でも、年寄りだという理由だけでね。そのときぼけてなくても、いずれはそうなると考えてるわけ。眼鏡も入れ歯も、持ち物はぜんぶ取り上げられてしまうの。部屋に閉じ込められて、見舞客もめったに来ないから、それだけでもがっくりくるというのに、看護もされないんですから。誰にも顧みられず、そこに君臨している看護師ときたら、患者の意思を無理矢理変えさせたり患者たちの薬を床に落としてごちゃまぜにしちゃったり、紅茶のなかに抗鬱剤をドバドバ入れちゃうような連中ですからね。それにくらべたら、ここは天国ですよ、夏休みのサマーキャンプみたいじゃないですか。きちんと毎日お仕事も与えているし、それともっとも大事なことですけど、各人の個性を伸ばせるような——これ以上持ってもらっても困るんだけど——組織作りもしているんです。ここでは各人の所持品を取り上げるようなことはいたしません、こっちにはがらくたに見えても、当人にとってはかけがえのない品なんですから。
ここの人たちくらいの年齢になると、節々がぼろぼろに
なってくるし、動脈や静脈の壁が硬くなるし、
神経組織も微妙な部分がかなり
やられてしまうんです。それは誰だって同じこと。
今日だって、ナイロンのボールやソケットでもっと遊ばせたり、
血液濃度を下げる薬や、抗鬱剤を
飲ませてもあげてもいいのだけれど、結局はそれも無駄な努力。
みなさんが猛スピードで死に
向かっているという紛れもない現実を理解して
いただかなくてはね。それを正しい精神でもって誰かがお世話してさしあげ
なくてはいけません。かつては聖なる使命と呼ばれていた精神でね。現行のシステムを
編み出したのは、わたしじゃありませんからね。わたしはただ引き継いだだけ。
それにいずれわたしにだって、まず間違いなく死は訪れるわけでしょ。
ほらご覧なさい。みんな楽しそうじゃありませんか。時々、趣向を変えて、
お色気混じりのやり方で、トラベルを
やらせます。人によっては、そのなんですか、セックスしている気分に

なるみたい。

さて、次に移りましょうか——スポーツの時間です、はい、今日も騎馬戦をやりましょうね！　前回の騎馬戦は、じつに盛り上がりましたね、憶えてますか？

憶えているに決まってますよね！　アイヴィ、モップをお願い。それと、チャーリー、ミセス・ボウエンの車椅子を押して向こうの隅へ、それから、セーラは、ジョージの車椅子を押してこっちの隅に待機して。

はい、いいわ。モップは一本ずつよ、アイヴィ、ありがとう。

両陣営の馬さんも騎士さんもいいですか、掛け声もろとも全速力で敵に突撃、ひるんではいけませんよ、勇敢にして完璧なりりしき騎士になって、互いに槍を果敢に戦わせてください。止まってはだめですよ！　まっすぐ突き進み、方向転換したら、一騎打ちですからね。準備はいいかしら？　最強の騎士に勝利あれ！

いち！

に！

さん！

お見事、ミセス・ボウエン！　一本決まり！

さあ、二回戦の始まり、始まり。　　　　それ、突撃！

またまたミセス・ボウエンに一本！　セーラ、ジョージが眠っていないか
どうか見てくれない？　　　　なんだかあまり乗り気じゃ
ないみたいね。

いいこと、これが最終戦よ。突撃開始！

昔はそりゃあさまざまな折にふれて、

風船競争とか、ポロ、フォークダンス、アーチェリーなどをやったんですよ。
ミセス・ボウエンの勝ち！　さあ、テーブルに戻りましょう。膝っ小僧にできた
瘤くらべも人気があったわね。
では、ひと汗かいたところで、今度は静かに
討論会を開きましょう、いいかしら？　議題は
みなさんおなじみの、「どんなふうに逝きたいか」です。それと
関連して「わたしの棺桶の選び方」と「亡骸の処置に何を望むか」に
ついて話し合いましょう。まずは原理原則を復習しましょう。
死というものは肉体のありように支払われる代価と
見なしていいかもしれません――つまりまさに肉体の生物的機能は、

つまり肉体に備わる特性として、遠い先祖の時代から死が組み込まれているのです。この借りは分割払いで返されていく。老齢期というのは未払い金の残り全部を支払わねばならぬ時期というわけです。実際、死というのは生きているよりずっと労苦の少ない状態かもしれません。それが現実に死んでいくということです。死に直面するにはさまざまな方法があります。神を信じるか否かにかかわらず、死後あなたを待っている人がいないとも限りません。冥土への旅支度としてコインを口にくわえさせてほしい、食料を持たせてほしいと考えている人は、ひと言そう言っておいてくださいね。もう一度言いますよ、死とは生命を司る何らかの力の働きによって、より高次の成就を目指して、一個人の命を人類全体の改善と保存のために入れ換えることだと考えてもいいでしょう。あるいは単純に、自らを、さらなる実りを約束するすばらしい肥やしと見なすこともできます。こう考えたって、ちっとも不名誉なことはないのです。それでもみなさんが死の床についたとき、この世に置いていく私物をどう処分すべきかは、誰かが決めねばなりません。
ここは民主的な施設ですから、亡骸は土葬か火葬か硫酸処理か、はたまた
人里離れた広野での野晒《のざら》しか等々、
決定は各自みなさんに委ねられていますからね。

反応ゼロ。ぴくりともしない。　わたしはただ葬儀屋に
引き渡すだけ、あとはミートパイにされようがどうされようが知るもんか。

さて、みなさん、いよいよお待ちかねの時間ですよ。
エンターテイナー・ショーの始まり始まり！　これをやるには演壇に上らないとね、
みんなの顔がよく見えるから。
最初の小噺《こばなし》は全員が楽しめますよ。小さな女の子が、ドティと
呼んでおきましょうか、おじいさんの膝の上でこう言いました。
「ねえ、おじいちゃまはノアの方舟に乗っていたの？」「とんでもない、
乗っているもんか！」おじいさんは呆れ顔で言いました。するとかわいい
お利口なドティがこう言いました。「じゃあどうしておじいちゃまは、
溺れずにすんだの？」
どう、
おもしろくない？　笑いなさいよ、まったく鈍いんだから！
じゃあもうひとつ、ずっとおもしろいやつをね。

みなさんの大部分の人は一生のうちの金属の時代に属しています。そのココロは、髪は銀でしょ、歯は金でしょ、それからそういう人たちは決まってズボンの中身が鉛になっている！

笑って、笑って！

じゃあもうひとつ話してあげよう。あるところに年寄り夫婦がおりました。旦那さんは九十八歳、奥さんは九十五歳。ある日、ひとり息子が死んでしまいました。七十二歳でした。旦那さんは哀しみに打ちひしがれる奥さんに向かってこう言って慰めました。「さあ、元気をお出し、長生きしてあの子の成長をすっかり見届けられたのは幸せじゃないか」

わかったわよ、陳腐なジョークだって言いたいのね。何がお望みなの、玄人《くろうと》好みのやつ？

ではとっておきの切り札を出しましょう。死の床にある男が、神との和解はすましてあるかと訊ねられました。そこで男はとんちをきかせて言ったとさ、「はて、おれたちが口げんかしたことなんて、あったっけかなあ」

めちゃくちゃおもしろいでしょ？

いいこと、この男は天国にも行けずじまいだったのよ。

ちょっとは受けたみたい。天国が一部の人にしか関心を起こさせないというのは驚きだわ──**アイヴィ！**

ショーの最中に本を読むなんて、もってのほかですよ！　何様だと思っているんです！　よくもしゃあしゃあと！

あやしいもんだわ！　みなさんもしっかり憶えておいてちょうだい、こういうのをレジスタンスというのです。

気分を変えてセクシーな音楽をかけよう。**ラルフィー！**

よし、いい子だ。　さあ始めるわよ、腰を振って、はい、その調子、ゆっくり上っ張りのボタンをはずす、ほらブラしかつけてないのが丸見え

それから下は　　　　タイツだけ

上っ張りをラルフィーに投げつける。テーブルに上る　　　　ゆっくり少しずつタイツをおろして　　　　片足　　　　もう一方　　　　**おやおや**

みんな、お鼻の下を伸ばしちゃって！　　　　みんな見ている、ミセス・

スタントンは別、寝ているんだか死んでいるんだか――どうでもいいけど。今度は
ブラ、はずしにくそうに見せて、じらしてやろう。
　　　　　　　　みんな卒倒してぽっくり逝っちゃうんじゃないかって？
あら、そんな、そこが大きな間違いですよ！　むしろ全員生き生き
しちゃうんだから！　誰も彼も！　　　　　　　タイツ、
次に薄ものを脱いで　　　立ち上がる！　音楽が最初の
クライマックスで盛り上がる。　**おいで、ラルフィー！　テーブルに**
上っていらっしゃい！　よしよし、さあ、おまえの長くて赤い
ボルゾイならではの巧みな舌で、わかるわね、さあ、ラルフィー！
　　　　　　　　　　　　　　　　　　いいわ！
　　　　　　おおおおお！
　　　　　　　　　　　　　　その調子よ！
　　　　おお、ラルフィー！　もっと速く！　ページがもうすぐ
終わっちゃうじゃないの、ラルフィー！　　おおおおおお！　　　おお！
いいいいいいい！　　おおおおお！　あとちょっと！　　　行く！
　　　　　　　　　　はい終わり！　グッときたでしょ！
みなさんもトイレのなかでちょっぴりそんな気分に

なったりするでしょ。果報者ですよ！　みなさんもわたしみたいに
楽しんでもらいたいものです。　そろそろ歓喜《ユビラーテ》の歌を
歌いたくなったでしょ、おのが穴に露と消える前に
歌わないといけません。
では全員声をそろえて！　いち！　に！　さん！

死はもろびとに訪れる、誰であろうと
何をなそうと隔てなく
ラクロス、体操、運動しても、
我らが光はいずれ弱まる確実に。
それ故立ちて朗らかに、
生あるうちは楽しまん。
死はもろびとに訪れる、誰であろうと
何をなそうと隔てなく！

さて、この辺で、わたしもそろそろ決まり事の枠組みから外れることにいたしましょうか。各人三十四ページに割り振られた世界から。もうおわかりかと思いますが、わたしもまた作者の操り人形というか、でっち上げの存在で（常に背後にちらつく作者の影に気づいていらしたでしょ？　あら、読者のみなさんをだまそうなんて不可能ですもの！）、当の作者は今もわたしを裸のままオルガスムの余韻に浸らせておいて、しかも、悪びれた様子も慰労の気持ちもないまま、わたしを自分の言葉どおりに動かそうというんですから。ここで起こっていることは作者の頭のなかの産物だとおわかりですわよね。だから彼の脳味噌が繰り広げる複眼絵巻というわけ！

おかしいったらありゃしない！

それでも、作者のために締めくくりをしておくと、哀しみについて、近づきつつあるものをきちんと受け止めるためにさらによりよく生きる必要について、今ではもうおわかりですわよね――すなわち、もしもあなたがここのお仲間たちとは別世界の住人だとおっしゃるなら、今は笑い飛ばして、心の準備をして、来るべき不幸を受け入れましょう、これ以上確実なことはないのですから。

ところで、モントゴメリーシャー・コレクションと呼ばれる文献のなかから作者が見つけ、みなさんも知っておくとためになると考えたものを最後に紹介しておきましょう。

さかばのフランシス

よっぱらい
うそこきニコラス
なきじょうご
らちがあかない
　もうおしまい

訳者あとがき

文庫化にあたり、二〇〇〇年刊行時の稿から一部削除し、大幅な加筆修正を施しました。

B・S・ジョンソン（Bryan Stanley Johnson, 1933–73）は日本の読者にはおそらく未知の存在だろう。あるいは、人々の記憶の片隅に半ば埋もれた作家という位置づけかもしれない。そのあたりの事情は後回しにして、まずは彼の経歴をまとめておこう。

一九三三年、B・S・ジョンソンは労働者階級の両親のもとにロンドン、ハマースミスで生まれた。十一歳試験《イレブン・プラス》（中等学校進学適性検査）に落第したため、実業中心の中等学校に進み、十六歳で学校を出ると経理畑を転々としていたが、その頃から作家への転身を考えるようになる。そこで一念発起して二十三歳でロンドンのキングズ・カレッジに入学、卒業後は代用教員や〈オブザーバー〉紙のスポーツ記者を経て、本格的な文筆活動に入ったのは一九六三年のことだった。以降小説を七作、短編小説集二冊、詩集二冊、戯曲六本を著し、他に映画やテレビの映像作品なども手がけるが、作家デビューから十年後の一九七三年、自宅で自らの命を絶っている。

その斬新なスタイルの作品群によって、ベケットやジョイスらの流れを汲むいわゆる実験小説に専心した作家としての地位を得たわけだが、そのために難解な前衛作家というイメージばかりが先行し、一般読者の関心をつかみそこねたのだとすれば、とても残念としか言いようがない。

ジョンソンの描き出す世界は決して難解ではない。焦燥感や良心の呵責、虚栄心やコンプレックスなど、誰もが身に覚えのある喜怒哀楽を作品の素材にしている。経歴からもわかるように、エリート街道とは無縁の世界で培《つちか》われた感性は、むしろ庶民のそれであり、卑俗な実人生を忠実に再現しようと格闘した作家なのだ。

ここに訳出した『老人ホーム　一夜の出来事』(*House Mother Normal — A Geriatric Comedy*, 1971) は彼の五作目の小説にあたる。まずはぱらぱらとページを繰ってみていただきたい。従来の小説のように字が詰まっておらず、詩を思わせる字配りになっていて、それもさらにページが進むにつれて字数はぐんぐん減っていき、白紙のページが続く箇所もある。これは印刷ミスとか乱丁ではなく、彼の実験的表現のひとつなのだ。

舞台は、身寄りのない高齢者が暮らすとある施設。夕食から就寝までのひとときを共にする八人の老人と寮母あわせて九人の意識が、別個の章立てで構成されている。しかも彼ら九人に割り振られた三十四ページは時間的にぴったりと重なり合う。つまり、ページ下部に付された各人に振り当てられた同じページの同じ行がその瞬間のそれぞれの意識、あるいは発話（太字部分）となっているのだ。ひとつの場所で起こっている出来事が九つに解体された形で提示され、これらを再び読者がひとつに束ね合わせていくことになる。とはいえ、彼らが共有しているのは空間と時間のみであり、わずかに交わされるやりとりを除けば、彼らの関心はもっぱら自分自身に向かう。

本書の原題をそのまま訳せば『寮母ノーマル　老人コメディ』。読み終わってみれば、これが皮肉のきいたタイトルだということがおわかりいただけるだろう。ここに登場する寮母は「正常《ノーマル》」な社会が送り込んだ暴君であり、社会からはじき出された老人たちを近代的な介護理念に基づいてお世話すると見せかけながら、実は老人たちを自己満足やみだらな欲望を満たす道具として利用しているにすぎない。それと比べれば、「正常」な社会の偽善から解き放たれた八人は、猥雑ながらもなんと屈託なくすがすがしく見えることか。エゴをむき出しにした老人集団のエネルギーに圧倒されながらも、思わず笑いがこみ上げてくる。そんななかで、驚くなかれ、沈黙を押し通すスタントンさんの脳裏に飛び交うのは実はれっきとしたウェールズ語なのである。つまり彼女は言語レベルでもまた孤高の思索者だ。

翻訳に取り組んでいるあいだ、自然、国内外のさまざまな老人小説に目が向いた。国内作品では有吉佐和子の『恍惚の人』や佐江衆一の『黄落』といった老人介護問題を扱った社会派から、老後のひとつの生き方を示す田辺聖子の『姥ざかり』、老いの心境を描く谷崎潤一郎の『瘋癲老人日記』や筒井康隆の『敵』、清水義範の『日本ジジババ列伝』などというのもあった。英米作品ではケイト・フィリップスの*White Rabbit*もよかったし、邦訳された短編アンソロジー『いまどきの老人』も痛快だ。少し古いところではウィリアム・トレヴァーの*The Old Boys*やミュリエル・スパークの『死を忘れるな《メメント・モリ》』なども忘れがたい。C・H・ソーヤーの『老人たちの生活と推理』は老人ホームを舞台にしたミステリ。さて、本作は果たしてどの系譜に属するだろうか。

ジョンソンほど一作ごとに手を替え品を替えして、読者に新鮮な驚きを提供しつづけた作家は珍しい。処女作*Travelling People*（1963）では真っ黒いページの使用をはじめ、『トリストラム・シャンディ』を髣髴させる多種多様な表現遊びが駆使され、第二作の*Albert Angelo*（1964）では、ナイフでくり抜かれたページを挿入した。三作目*Trawl*（1966）は底引き網《トロール》漁に擬して主人公の意識をとことんさらい尽くし、四作目の*The Unfortunates*（1969）では、別々に綴じ分けられた二十九章を箱に収め、冒頭と最終章以外はどの章からでも読みだせるスタイルの小説に仕立てた。そして第五作が本書である。第六作*Christie Malry's Own Double-Entry*（1973）は、人生の損得勘定を貸借対照表の形で数値化してみせ、遺作となった第七作*See The Old Lady Decently*（1975）はジョンソンの両親をモデルにした作品で、手紙や葉書、家族写真などを作品内部に取り込んでいる。これは*Matrix*三部作として構想されていた第一作だが、続く二作品がどのような意匠で登場することになったのか、もはや確かめることはかなわない。

短編集*Aren't You Rather Young To Be Writing Your Memoirs?*（1973）の序文で、ジョンソンはこう語る。「ある小説の書き方に関して何がしかを摑んだと思い始める、だがその時点で、それが次の作品では何の役にも立たないとは——こんなジョークに笑っている自分は幸せ者だと時として感じる」ユーモアの衣に包んだこんなひと言にも、次々と新たな形式に挑まずにはいられなかったB・S・ジョンソンの執念がひしひしと伝わってくる。そんな彼の試みに六〇年代のイギリス文壇が手放しで喝采を送れなかったとしても、それはそれで仕方がなかったことだと思う。むしろ物事のデジタル化が進み、ヴァーチャル・リアリティが現実に浸透してきた現代にこそ、彼の居場所はあるのかもしれない。

それを思えば、日本の読書界でB・S・ジョンソンの作品が注目を集められずに終わったこともうなずける。一九六九年に柳瀬尚紀氏の訳で『トロール』が筑摩書房から刊行されたが、すでに絶版になって久しい。また、本書『老人ホーム』も二〇〇〇年に単行本の形で上梓されたものの、その後増刷はなく、長らく品切れ状態のままだった。異端の小説に関心のある奇特な読書人でない限り、今となってはB・S・ジョンソンの名前に反応する人は皆無に等しいのではないか。

「俺は死んでから、とびきり有名になってやりますよ」ジョンソンは死の前日、出版エージェントのダイアナ・タイラーに向かってこう嘯《うそぶ》いたという。その言質《げんち》を裏づけるかのように本国イギリスでは、彼の作品を改めて世に問う機運がじわじわと高まりを見せる。二

〇〇〇年には *Christie Malry's Own Double-Entry* を原作とする同名映画（ポール・ティケル監督。ニック・モラン主演）が完成した。その後、過去の三作品を収めた *B.S. Johnson Omnibus* の刊行が続く。そして二〇〇四年、小説家ジョナサン・コーが手がけたB・S・ジョンソン伝 *Like a Fiery Elephant: The Story of B.S. Johnson*（二〇〇五年にサミュエル・ジョンソン賞ノンフィクション部門を受賞）は、ジョナサンの遺した日記や大量の創作メモ、友人知人の回顧談などを盛り込んだ万華鏡のような伝記スタイルが評判になり、埋もれかけていたB・S・ジョンソンという作家の存在に光を当てることになる。また、ジョンソン生誕八十年を記念して刊行された *Well Done God!*（二〇一三年。ジョナサン・コー他二名編）は、彼のエッセー、戯曲、新聞雑誌寄稿文などの未発表作品を世に問うことで、小説以外に発揮された彼の才能を再認識するきっかけになった。B・S・ジョンソン作品をテーマにした研究書も二十一世紀にはいって少しずつ現われだし、再評価の動きは今後もまだ続きそうだ。

本書に登場するウェールズ語の人名の日本語表記については、愛知工業大学名誉教授の吉賀憲夫氏から有益なご教示をたまわった。ここに記して謝意を表したい。

なお、吉賀氏編著の『ウェールズを知るための60章』（二〇一九、明石書店）は、イングランドの一地方に甘んじざるを得ないウェールズの複雑な歴史的事情や、ウェールズ人のアイデンティティ形成の一役を担っているウェールズ語の、その使用禁止から法的復権に至る政治的戦いの軌跡など、ウェールズ社会を多面的に紹介した好著である。本書『老人ホーム』にもウェールズ出身らしき入居者が複数登場する。彼らの生きた時代の社会のありようを知る上でも、一読をお勧めしたい。

今回の文庫化にあたり、京都大学名誉教授の若島正氏が「解説」を書いてくださることになった。訳者としてこんなに嬉しいことはない。若島氏とは、二〇〇〇年に某喫茶店で初めてお会いした。ちょうど訳者が『老人ホーム』を訳し終えた頃だった。それは若島氏がジョンソンの *The Unfortunates* の翻訳を担当することに決まった時期と重なる。そんなジョンソンつながりのご縁ということで、東京創元社の井垣真理氏が設けてくれた席だった。そのときジョンソンの諸作品について有意義なお話をうかがい、さまざまな示唆を与えていただいたことを懐かしく思い出す。あれから四半世紀の時が流れたわけだが、ようやく訳稿は氏の手元を離れ、シャッフル自在の箱入り小説『不運な奴ら』が書店に並ぶ日も近いと聞く。期待に胸ふくらませている今日この頃である。

二〇二四年一月

解説

若島　正

Ｂ・Ｓ・ジョンソンの『老人ホーム——一夜のコメディ』が東京創元社から出たのはちょうど二〇〇〇年のことだった。それから今回めでたく文庫化（『老人ホーム　一夜の出来事』と改題）の運びとなるに至るまで、二十年以上が経過している。Ｂ・Ｓ・ジョンソンとその作品については、青木純子さんの訳者あとがきにくわしいので、ここでは二〇〇〇年以降のＢ・Ｓ・ジョンソンをめぐる動きについて書いておきたい。

Ｂ・Ｓ・ジョンソンの作品群は、過去も現在も、それほど多くはないが熱心な読者によって支えられている（彼が一九七三年に四十歳で自殺した原因のひとつは、売れないことだった）。その代表格とも呼べる、作家のジョナサン・コーが長い歳月をかけて完成させた伝記 *Like a Fiery Elephant: The Story of B. S. Johnson* が、ピカドール社から二〇〇四年に出た。この出版とタイアップして、ピカドールはＢ・Ｓ・ジョンソンの長篇小説七作のうち、*Albert Angelo*、『トロール』、『老人ホーム』の三作を一冊にまとめて復刊した *B. S. Johnson Omnibus* を同じ年に出している（*Albert Angelo* では、ページの一部を窓のように切り抜いて、下のページの活字が見えるという仕掛けもそのまま再現された)。さらに二〇〇八年には、ノンブルが振られていない小冊子二十九篇(そのうちの二つは「最初」と「最後」という指定が付いている)を箱に収めるという、七作の中で最も実験的な小説として知られた*The Unfortunates*(『不運な奴ら』という題で、東京創元社から近刊予定)がニュー・ディレクションズ社から復刊されるという嬉しい出来事があった。このニュー・ディレクションズ版はいわゆる四六版サイズで、セッカー・アンド・ウォーバーグ社から出た少し大型の初版に比べてずっと書籍という印象が強く、しかもジョナサン・コーによる序文も小冊子として付けられているのが特徴だ。

『老人ホーム　一夜の出来事』は第五作目の長篇に当たるが、それより前の、すでに挙げた三作がすべて「おれ」の一人称小説で、B・S・ジョンソンの実体験にもとづいて書かれていたのに対して、こちらは八人の老人ともう一人の寮母で計九人という、多重の語り手が用いられていて、形式面での違いが大きいうえに、虚構性も最も強い。おそらくそのせいか、伝記を書いたジョナサン・コーによれば、ガチのB・S・ジョンソン愛読者の中ではこの『老人ホーム』がいちばん評判が高いのだという。それでは、B・S・ジョンソンはこの作品で従来の路線を変更して、スタイルを変えたのか。実際には、そういうわけではなく、この小説のアイデアは、デビュー作*Travelling People*が執筆された一九五九年頃からすでに彼の頭の中にあって、それを友人のトニー・ティリングハーストに話していたらしい（ちなみに、若くして癌で亡くなったこの友人の思い出を語ろうとしたのが *The Unfortunates* である）。その原型になったアイデアは、一つの出来事を多重視点によって語るというものだった。伝記を書くためにB・S・ジョンソンの遺品を綿密に調査したジョナサン・コーによれば、『老人ホーム』執筆のためにB・S・ジョンソンが集めた資料の中には、黒澤明の映画『羅生門』に対するレビューを集めたものがあったという。これが『老人ホーム』の下敷きのひとつだが、フィリップ・トインビーが書いた実験小説 *Tea with Mrs. Goodman*（1947）が『老人ホーム』に形式面で似ていて、B・S・ジョンソンがそれを参考にした可能性はあるというのがコーの意見である。さらに言うと、登場人物のキャラクタリゼーションをするのに、年齢、視覚、CQ値といった項目のリストでそれに替えるというおそらく前例のないテクニックは、彼がすでに *Travelling People* で使っていたものである。そういうわけで、この小説は比較的早い時期に完成して出版されていてもおかしくはなかったが、すでに述べた三作の執筆が割って入って延び延びになっていた。そして実際に書かれたのは一九七〇年で、出版が一九七一年になったのである。

短篇集 *Aren't You Rather Young To Be Writing Your Memoirs?* に付けた長々しい序文でB・S・ジョンソンが強調しているように、彼にとって物語とは嘘を語ることであり、「真実」と「フィクション」は相反するものだった。そして彼は小説という形式で真実を書こうとした。それから考えると、『老人ホーム』は必ずしも彼の理論どおりの小説ではなく、彼が避けようとした「フィクション」に最も近接していて、最後に語る寮母が作者の影をほのめかすところではメタフィクションの相貌までまとってしまう。しかし、それはB・S・ジョンソンがジョイスやベケットの後に来た者であることを意識して、つねに新手の趣向を用いようとしていた、創作初期の名残りだと思えば合点がいく（*Travelling People* にはジョイスの――とりわけ『ユリシーズ』の――影響が濃厚に見られる）。そういう作者自身の理論と実践という面では矛盾を含んでいても、それは決してこの小説の読者にとっては悲しいことではない。なぜなら、老いという人間の誰もが避けて通れない事態を、極端に誇張したグロテスクユーモアで描いた『老人ホーム』は、たしかに「真実」を描いているからである。

B・S・ジョンソンは、シリアスな側面とコミカルな側面を矛盾として抱えていた。『老人ホーム』以外の作品では、シリアスな面を表に出しながら、そこかしこに天性のコミカルな面が顔をのぞかせるという結果になっていた。それとはちょうど逆に、『老人ホーム』では、悪ふざけに近い書きぶりに、なんとか老いの――そして死の――恐怖を笑い飛ばそうとする、B・S・ジョンソンの真顔が見えるような気がするのだ。

本書は二〇〇〇年に小社の海外文学セレクション
の一冊として刊行された作品の文庫化である。

創元ライブラリ

老人ホーム
一夜の出来事

二〇二四年二月二十九日　初版

著　者◆B・S・ジョンソン
訳　者◆青木純子
発行所◆㈱東京創元社
代表者　渋谷健太郎
郵便番号　一六二―〇八一四
東京都新宿区新小川町一ノ五
電話　〇三・三二六八・八二三一　営業部
〇三・三二六八・八二〇四　編集部
URL https://www.tsogen.co.jp
DTP・フォレスト
印刷・暁印刷　製本・本間製本

ISBN978-4-488-07089-2　C0197